folio junior

COLLECTION DIRIGÉE PAR JEAN-PHILIPPE ARROU-VIGNOD

Pour en savoir plus :
http://www.cercle-enseignement.fr

Chrétien de Troyes

Lancelot ou le Chevalier à la charrette

Illustrations d'Aurélia Fronty

Traduit et adapté par Pierre-Marie Beaude

Carnet de lecture par Évelyne Dalet

GALLIMARD JEUNESSE

L'arrogant chevalier

Lors d'une fête de l'Ascension, le roi Arthur avait réuni sa cour, de belle et riche manière comme il aimait à le faire. Après manger, il s'attarda avec ses barons et la reine. Avec eux se tenaient, j'imagine, de belles et courtoises dames qui savaient bien parler la langue française. Le sénéchal[1] Keu avait surveillé le bon déroulement du repas, et maintenant il mangeait avec ceux qui avaient assuré le service. C'est alors qu'entra dans la salle un chevalier couvert de son armure et monté sur son cheval. Il s'arrêta devant le roi, ne le salua pas et dit :

– Roi Arthur, j'ai dans ma prison des chevaliers, des dames et des jeunes filles qui sont tous de ta terre et de ta maison. Je n'ai pas l'intention de te les rendre, et tu n'as pas la force ni les moyens de me les reprendre. Tu seras mort avant d'avoir pu les secourir.

1. Sénéchal : grand officier au service du seigneur et de sa dame. Il dirige l'économie du château, la justice et bien d'autres domaines.

Le roi Arthur répondit qu'il devait donc se résigner puisqu'il ne pouvait rien faire, mais qu'il en était très affecté.

Le chevalier fit semblant de partir, mais au moment de franchir la porte, il se retourna :

– Mais j'y pense, roi Arthur. S'il se trouve à ta cour un seul chevalier auquel tu te fierais assez pour lui confier la reine, je propose qu'il me suive avec elle dans cette forêt où je m'en vais. Je l'attendrai, nous organiserons un combat ; s'il gagne, il ramènera tous les prisonniers et la reine.

Cette déclaration remua beaucoup l'assistance. Dès qu'il en eut connaissance, Keu quitta la table où il mangeait et, très en colère, s'en vint se planter devant le roi :

– Roi Arthur, je vous ai toujours servi loyalement. Mais maintenant, c'en est trop, je vous quitte. Plus jamais je ne serai à votre service.

–Vous êtes sérieux, Keu ? demanda le roi.

– Beau sire, répondit Keu, je n'ai nullement envie de plaisanter. Je vous quitte, sans même vous demander l'argent qui me revient.

– Sénéchal, dit le roi, est-ce la colère ou le dépit qui vous pousse à vouloir me quitter ? Restez, vous savez bien que je tiens à vous.

– Inutile d'insister, sire, répond Keu. Je n'accepterais même pas de rester pour une bonne mesure d'or fin par jour.

Désespéré, le roi s'en est allé trouver la reine :

– Dame, savez-vous que le sénéchal Keu me demande son congé ? Je ne sais pas pourquoi, mais il ne veut plus rester à mon service. Allez donc le trouver, jetez-vous à ses pieds s'il le faut. Il vous écoutera sûrement mieux que moi.

La reine trouva Keu en compagnie d'autres gens et lui dit :

– Keu, j'ai grand ennui de ce que je viens d'entendre. Votre attitude n'est pas sage, et je viens vous prier de rester.

Mais Keu ne veut rien entendre. La reine le prie et le supplie, en vain. Elle se jette à ses pieds. Keu la prie de se relever, mais elle dit qu'elle restera à ses pieds tant qu'il ne lui aura pas accordé ce qu'elle veut. Alors Keu promet de rester à condition que le roi lui accorde par avance ce qu'il voudra.

La reine emmène Keu voir le roi. Celui-ci, soulagé, accepte de lui accorder par avance tout ce qu'il voudra. Alors Keu déclare :

– Ce que vous venez de m'accorder par avance, sire, c'est la reine. Vous me la confiez et nous irons dans la forêt où nous attend le chevalier.

Le visage du roi se décompose, mais il ne peut pas revenir sur la promesse qu'il a faite. Et les gens disent : « Keu est un orgueilleux sans cervelle pour se lancer dans une telle entreprise. »

– Dame, dit le roi en prenant la reine par la main, il faut vous en aller avec le sénéchal.

– Confiez-la-moi, répond Keu, ne craignez rien. Je la ramènerai saine et sauve.

Sachez qu'on a tôt fait de revêtir le sénéchal de son armure et de lui préparer ses armes ; on lui amène son cheval ainsi qu'un palefroi[1] destiné à la reine.

À la vue du palefroi bien docile qui s'apprête à l'emporter, la reine pousse des soupirs de grande tristesse. Elle monte en selle et dit très bas, pour que personne ne puisse entendre :

– Ah ! ami, si vous saviez, jamais vous ne me laisseriez avec Keu, même pour un seul pas.

Le comte Guinable qui se trouvait près d'elle, entendit la reine murmurer ces paroles. Mais sauraient-elles voler jusqu'auprès de l'ami qui se trouvait au loin ?

Tout le monde était affligé comme si l'on portait la reine en terre. Elle ne reviendrait jamais vivante ! L'orgueilleux sénéchal l'emmenait là où l'arrogant chevalier l'attendait.

Gauvain dit à son oncle le roi :

– Sire, vous avez agi comme un enfant et cela m'étonne. Le mieux serait, pendant qu'ils sont encore tout près, de les suivre discrètement. Il serait imprudent de ne pas suivre leur piste, au moins jusqu'à ce que nous sachions comment Keu va s'en sortir.

1. Palefroi : cheval de parade et de voyage par opposition au destrier, qui est un cheval de combat.

– Allons-y, beau neveu, fait le roi. Ce que vous dites est juste. Donnez l'ordre de seller les chevaux et nous partons tout de suite.

En peu de temps, le roi se mit en selle, suivi par son neveu et par beaucoup d'autres. Certains étaient armés, d'autres non. Gauvain avait revêtu son armure et emmenait avec lui deux écuyers conduisant deux destriers.

Ils approchaient de la forêt quand ils virent en sortir un cheval sans son cavalier. Cela ne faisait pas de doute : c'était celui de Keu. Il était tout ensanglanté, les rênes avaient été tranchées, et l'arçon arrière de la selle était à moitié arraché.

Tout le monde fut pris de colère devant un tel spectacle. Keu avait dû prendre la lance de l'adversaire en pleine poitrine et s'était retrouvé désarçonné. Autour du roi, les gens se poussaient discrètement du coude : le drame n'était malheureusement que trop prévisible.

Le Chevalier et la charrette maudite

Monseigneur Gauvain allait en éclaireur devant le groupe. Il ne tarda guère à voir venir au pas, sur un cheval fourbu un Chevalier qui le salua ainsi[1] :

– Messire[2], vous voyez comme mon cheval est en sueur. On ne peut plus rien en tirer. Prêtez-moi ou donnez-moi, je vous prie, l'un de ces deux destriers qui vous accompagnent.

– Choisissez celui que vous voulez, répondit Gauvain.

Le Chevalier était si pressé qu'il ne prit même pas le temps de choisir. Il sauta sur celui qui était le plus proche et repartit au grand galop pendant que le cheval qu'il venait de quitter s'écroulait, tué par les trop grands efforts d'une journée de voyage à vive allure.

Sans s'arrêter, le Chevalier s'en est allé, tout armé, par la forêt. Et monseigneur Gauvain le poursuit à fond de train. Il parvient sur une hauteur, dévale la pente et

1. Il faudra attendre longtemps avant d'apprendre le nom de ce chevalier. Mais on le connaît déjà par le titre : *Lancelot, le Chevalier à la charrette*. **2.** Messire et monseigneur sont des titres honorifiques accordés à de grands chevaliers. Le mot sire est suivi du nom du fief possédé par le « sire » : par exemple « le sire de Joinville ». On l'utilise aussi pour le roi : « sire », ou pour un chevalier « sire, beau sire », etc.

tombe sur le cadavre du destrier qu'il vient de donner au Chevalier. Le terrain a été piétiné par plusieurs chevaux, des écus[1] éclatés et des lances brisées jonchent le sol. Il y a eu ici bataille entre plusieurs chevaliers et Gauvain trouve fort déplaisant de n'avoir pas été de la partie. Il repart donc à vive allure et ne tarde pas à apercevoir le Chevalier qui, ayant perdu son cheval, continue à pied, revêtu de son armure, le heaume[2] bien lacé, l'écu à l'épaule et l'épée au côté. Il marche juste derrière une charrette qu'il vient de rattraper.

Il faut savoir que les charrettes servaient alors de pilori[3]. Aujourd'hui on en compte plus de trois mille dans chaque bonne ville, mais en ce temps-là, chaque ville n'en avait qu'une, non pas privée mais commune comme l'est aujourd'hui le pilori. La charrette servait pour les meurtriers et les voleurs, pour ceux qui avaient perdu un duel judiciaire[4], pour les bandits de grand chemin. Qui était repris par la justice était mis sur la charrette, promené par les rues. Il ne pouvait plus être entendu par la cour, plus honoré, plus estimé. Les charrettes avaient une si mauvaise réputation qu'on disait :

« Quand charrette aperçois,
fais sur toi le signe de la croix

1. Écu : bouclier. 2. Heaume : casque. 3. Pilori : appareil tournant autour d'un pilier. On y attachait les condamnés pour les exposer aux regards de la foule et ainsi les déshonorer publiquement. 4. Duel judiciaire : le combat ou duel était une sorte de jugement. Dieu accordait la victoire à celui qui était dans son droit. L'autre était donc condamné.

et souviens-toi de Dieu,
de peur que malheur ne t'arrive. »

Donc le Chevalier à pied rejoignit la charrette qu'un nain conduisait, un long bâton en main. Il dit au nain :

– Nain, pour Dieu, dis-moi si tu as vu passer par ici ma dame la reine.

Le nain, un vrai fils de chienne, ne voulut pas lui donner de nouvelles.

– Monte sur la charrette, dit-il seulement, et d'ici demain tu auras des nouvelles de ta reine.

Le Chevalier hésita et continua à pied, car il avait peur de la honte qui retomberait sur lui s'il grimpait sur la charrette. (Il eut grand tort d'hésiter, comme on le verra après.) En fait Raison[1] et Amour se disputaient en lui. Raison lui disait de ne pas monter pour éviter la honte, mais Amour le poussait à monter pour rejoindre au plus vite la reine, son amie, sa dame.

Gauvain, à son tour, rejoignit la charrette et demanda au nain des nouvelles de la reine. Le nain lui répondit :

– Si tu méprises autant ton honneur que ce chevalier qui vient de monter, installe-toi avec lui et je te conduirai.

Mais Gauvain était un homme de Raison ; il faudrait être fou, se dit-il, pour échanger un cheval contre une charrette. Il décida donc de rester à cheval et de suivre le nain.

1. Au Moyen Âge, les grands thèmes : amour, nature… sont souvent personnifiés et prennent donc une majuscule.

Le soir, à l'heure des vêpres, la charrette suivie de Gauvain arrive devant un magnifique château. Ils entrent. Aussitôt, les gens se mettent à huer le Chevalier assis sur la charrette. Petits et grands lui lancent les pires insultes. Ils crient au nain :

– Celui-là, est-ce qu'on va l'écorcher, le pendre, le noyer ou le brûler dans un feu d'épines ? Dis-nous, nain, ce qu'il a fait. Vol, assassinat ?

Le nain ne répond rien. Il conduit la charrette, suivie de Gauvain à cheval, dans une tour qui leur servira de logement. Une demoiselle, dont la beauté n'a pas d'égale, les accueille avec deux autres jeunes filles. Toutes les trois se mettent au service de Gauvain avec grand empressement, et interrogent le nain :

– Qu'a fait de mal ce chevalier que tu transportes comme un paralysé ?

Mais le nain ne répond rien. Il fait descendre le Chevalier avant de disparaître. Et personne ne sut jamais où il était allé.

Des serviteurs aidèrent les deux chevaliers à enlever leurs armures. La demoiselle les revêtit de beaux manteaux fourrés de vair[1] et ils passèrent à table. Ce fut une bien agréable soirée.

Au moment d'aller dormir, la demoiselle conduisit les deux chevaliers dans une chambre où trois lits étaient préparés. Deux d'entre eux étaient très confortables,

1. Vair : fourrure de l'écureuil appelé petit-gris.

grands et larges, et la demoiselle leur dit qu'ils leur étaient réservés. Un troisième lit se trouvait dans la chambre, encore plus somptueux que les deux autres.

– Celui-là, leur dit la demoiselle, n'a pas été fait pour vous. Il est pour celui qui l'a mérité.

Alors, le Chevalier venu sur la charrette prit avec dédain l'interdiction de la demoiselle :

– Et pourquoi donc ce lit me serait-il défendu ?

La demoiselle répondit :

– Ce n'est vraiment pas à vous de poser une telle question ! Vous vous êtes publiquement couvert de honte en voyageant dans la charrette ! N'essayez pas de dormir dans ce lit. Vous pourriez le payer très cher !

– Très cher ? Vous verrez bien.

– Je le verrai ?

– Oui. Car je veux dormir dans ce lit et m'y reposer bien tranquille.

Le Chevalier enlève ses chausses[1] et se couche dans le troisième lit. Il s'étend sous une couverture en tissu de soie lamellé d'argent et constellé d'or. Le tissu est bordé de fourrure de zibeline[2], digne des plus grands rois.

À minuit, des lattes du plafond, une lance tomba comme la foudre sur le Chevalier. Elle faillit le clouer bien proprement. La partie supérieure de la lance était

1. Chausses : vêtement qui va de la ceinture aux pieds. **2.** Zibeline : petite martre très recherchée pour sa fourrure soyeuse.

en flammes, si bien que le feu prit à la couverture et s'étendit à l'ensemble du lit. Le Chevalier eut beaucoup de chance, car la pointe de la lance le frôla, lui égratignant tout juste la peau. Il éteignit le feu, jeta la lance au beau milieu de la pièce, se recoucha et se rendormit paisiblement.

Le lendemain matin, la demoiselle de la tour les invita à entendre la messe. Après la cérémonie, le Chevalier à la charrette s'approcha pensivement des fenêtres qui donnaient sur les prés. Gauvain, lui, s'entretenait dans un coin avec la jeune fille – mais je préfère taire leur conversation ! Le Chevalier à la charrette regarda par une fenêtre juste au moment où un cortège s'avançait le long de la rivière. Dans un cercueil ouvert, gisait un chevalier[1], escorté par trois demoiselles qui se lamentaient bruyamment. Derrière, venait un chevalier de grande taille qui emmenait à sa gauche une dame. Le Chevalier la reconnut aussitôt : c'était la reine.

Le Chevalier à la charrette ne la quitta pas des yeux et, quand il ne put plus la voir, il se laissa glisser le haut du corps par la fenêtre au risque de tomber dans le vide. Monseigneur Gauvain le retint juste à temps et lui reprocha de mettre ainsi sa vie en danger.

La demoiselle intervint :

1. Le chevalier allongé dans le cercueil est Keu. Il a donc failli à sa mission de protéger la reine qui se retrouve prisonnière.

– Il a bien raison de vouloir mourir. depuis qu'il est monté dans la charrette, sa vie n'est plus que honte et malheur.

Sans tarder, les deux compagnons demandèrent leurs armes, et la demoiselle se montra courtoise et généreuse envers le Chevalier qu'elle avait tant raillé : elle lui offrit un cheval et une lance pour lui témoigner son affection.

À la poursuite de la reine

Les chevaliers saluèrent la jeune fille et partirent à la poursuite du cortège aperçu par la fenêtre. Ils franchirent les prés, entrèrent dans un bois où ils trouvèrent un chemin bien entretenu qui les conduisit, vers la première heure du jour, à un croisement.

Une demoiselle s'y trouve. Aussitôt, ils lui demandent si elle sait où l'on emmène la reine. En personne prudente, elle répond :

– Si vous me faisiez certaines promesses, je saurais vous mettre sur le chemin ; je vous dirais le nom du pays et celui du chevalier qui emmène la reine. Mais il faudrait beaucoup de courage et d'endurance à celui qui voudrait entrer dans cette terre !

– Demoiselle, lui dit messire Gauvain, je mettrai tout mon pouvoir à votre service si vous me dites la vérité.

Le Chevalier qui fut sur la charrette s'engage lui aussi, au nom de l'amour qu'il a pour la reine, à faire tout ce que la jeune fille voudra.

Alors la demoiselle raconte :

– C'est Méléagant, un chevalier très grand et très fort, fils du roi de Gorre, qui a enlevé votre reine. Il la retient au royaume d'où aucun étranger ne ressort. Celui qui y pénètre est forcé de vivre en exil pour toujours.

– Demoiselle, où se trouve cette terre ? Quel chemin y conduit ?

– Cette terre a pour roi Bademagu, le père de Méléagant ; il faut sa permission pour y entrer. Les deux chemins qui y conduisent sont remplis de dangers. Il y a en particulier deux passages effrayants. L'un s'appelle Pont sous l'Eau parce que ce pont se trouve entre deux eaux, à même distance du fond et de la surface. Il ne fait qu'un pied et demi de large et n'a pas plus d'épaisseur. C'est vraiment un passage redoutable, mais il y a pire. L'autre pont, sur l'autre chemin, est tellement dangereux qu'aucun homme n'a réussi encore à le franchir. Il est aussi tranchant qu'une épée ; c'est pourquoi les gens l'appellent Pont de l'Épée. Voilà la vérité, messeigneurs. Et je n'ai rien à rajouter sinon que la route la plus directe passe par le Pont sous l'Eau.

Le Chevalier à la charrette dit à monseigneur Gauvain :

– Sire, choisissez en premier. Prenez le chemin que vous préférez et je prendrai l'autre.

– Je n'ai pas de vraies raisons de choisir l'un ou l'autre, répond Gauvain. Alors je prends le Pont sous l'Eau.

Ils se recommandent l'un et l'autre à Dieu, ils

saluent la jeune fille et s'apprêtent à partir. La demoiselle leur dit :

– N'oubliez pas, messeigneurs, que chacun de vous me doit une récompense et c'est moi qui la choisirai.

– Nous n'oublierons pas, demoiselle[1], répondent les deux chevaliers.

Gauvain et le Chevalier à la charrette se séparent. Ce dernier s'avance, rêveur, incapable de résister à Amour qui lui dicte tout. Son amour pour la reine est si fort en lui qu'il en oublie qui il est, s'il existe ou s'il n'existe pas, s'il a un nom, s'il porte une épée. Il ne sait même plus d'où il vient ni où il va. Il ne pense, en fait, qu'à une seule personne, et c'est à cause d'elle que le reste s'est effacé de son esprit. Il ne voit plus rien, il n'entend plus rien pendant que son cheval l'emporte à vive allure, par le chemin le plus droit.

Dans l'après-midi, il débouche sur une lande où se trouve un gué. Sur l'autre rive, se tient un chevalier en armure ; une demoiselle montée sur son palefroi lui tient compagnie. Le cheval, qui a très soif, aperçoit l'eau claire et s'avance vers la rivière. Aussitôt, le chevalier qui garde le gué depuis l'autre rive s'écrie :

– Je suis le gardien du gué et je vous l'interdis, chevalier !

1. Beaucoup de demoiselles apparaissent dans les romans de Chrétien. Elles jouent un peu le rôle des fées dans les contes dont il a dû s'inspirer. On n'entendra plus parler de cette demoiselle dans la suite du récit. Il n'est pas sûr, en effet, que ce soit la même demoiselle que celle qui délivrera Lancelot emprisonné.

Perdu dans ses pensées, le Chevalier à la charrette n'entend pas la mise en garde et laisse son cheval patauger dans l'eau. L'autre lui crie :

– Laisse le gué, c'est plus sage, car il n'y a pas pour toi de passage. Sinon, sur mon cœur je le jure, je vais t'attaquer.

Le Chevalier à la charrette ne l'entend pas. L'autre le met en garde une troisième fois avant de passer à l'attaque. Il met son cheval au galop et frappe si fort avec sa lance qu'il abat le Chevalier à la charrette au plein milieu du gué. Le voilà dans l'eau, sans écu et sans lance car ses armes se sont envolées. Le contact de l'eau le fait tressaillir ; tout estourbi, il se réveille et regarde autour de lui pour voir qui a bien pu le frapper. Il aperçoit alors le chevalier :

– Vassal, dites-moi pour quelle raison vous m'avez frappé. Je ne vous avais même pas vu. Quel tort ai-je pu vous faire ?

L'autre répond :

– Je vous ai averti trois fois ! Vous avez donc bien dû entendre.

– Par l'enfer ! je n'ai rien entendu du tout, j'étais plongé dans mes pensées. Mais sachez que vous regretteriez votre attaque si je pouvais au moins tenir la bride de votre cheval avec une main.

– Que se passera-t-il ? répond l'autre. Prends donc ma bride, si tu l'oses. Tes menaces ne valent pas plus qu'une poignée de cendres qu'on jette au vent.

Le Chevalier à la charrette attend que le gardien du gué s'avance en plein milieu de la rivière, il attrape la bride du cheval avec sa main gauche et la cuisse de l'homme avec sa main droite. La prise est si efficace que l'autre à l'impression qu'on lui arrache la cuisse.

– Arrête, gémit-il. Reprends ton cheval et faisons une joute à armes égales !

– Si je te lâche, répond le Chevalier à la charrette, tu vas t'enfuir.

L'autre se sent insulté et fait promesse de ne pas s'enfuir. Alors le Chevalier à la charrette part récupérer sa lance et son écu qui sont partis au fil du courant. Puis il revient prendre son cheval et se prépare au combat, l'écu bien en main, la lance pointée vers l'avant et bien calée contre la selle.

Les deux chevaliers s'élancent l'un contre l'autre au triple galop. Celui qui défend le gué frappe son adversaire d'un coup violent qui fait éclater sa lance. Mais celui-ci le frappe à son tour et l'envoie s'étaler de tout son long dans la rivière. Il descend tranquillement de cheval et tire son épée. Cela ne le gênerait pas de se retrouver face à cent ennemis de la sorte. L'autre s'est relevé et tire son étincelante épée. C'est maintenant le corps à corps. Ils se protègent de leurs écus aux reflets d'or, et s'affrontent à grands coups d'épée. Le combat se prolonge et le Chevalier à la charrette s'en veut de ne pas arriver à conclure. Il se dit que le chemin pour délivrer la reine risque d'être encore bien long s'il met autant de temps à se débarrasser d'un seul chevalier. Alors, il durcit l'attaque. L'autre cède enfin et s'enfuit. Malheureusement pour lui, il tombe à quatre pattes. Le Chevalier à la charrette le rattrape et lui dit :

– Vous avez eu grand tort de me menacer. Vous auriez mieux fait de me laisser tranquille.

La demoiselle, qui a assisté au combat, s'inquiète de ces menaces envers son compagnon. Elle supplie le vainqueur de lui laisser la vie, mais celui-ci répond qu'il ne peut pas le gracier vu la grande honte qu'il lui a faite. Il s'avance, l'épée à la main. Alors le vaincu l'implore à son tour.

– Puisqu'on me demande pardon, dit le Chevalier à la charrette, je l'accorde, mais une seule fois. Et maintenant, tu vas me promettre d'aller te faire prisonnier à l'endroit que je te dirai.

– Chevalier, dit la demoiselle, libère-le aussi de sa prison. Et je promets qu'au moment venu, je te rendrai le service que tu voudras si j'en ai les moyens.

À ces mots, le Chevalier devina qui elle était et il le libéra de l'obligation d'aller en prison[1].

1. Cette fois, la demoiselle semble bien être celle qui secourra Lancelot dans sa prison.

Le peigne aux cheveux d'or

Le Chevalier à la charrette continua son voyage et se heurta à bien des obstacles en chemin. Une jeune fille rencontrée sur la route l'invita chez elle afin de lui tendre un piège pendant la nuit, mais le Chevalier ne se laissa pas faire. Le lendemain matin, tôt levée, elle sort de sa chambre et voit que le Chevalier est déjà prêt. Il a revêtu tout seul son armure. Il est pressé de monter à cheval. Elle lui fait amener sa monture et dit :

– Seigneur, je partirais loin avec vous si vous vouliez bien m'emmener et me protéger tout au long du voyage selon les usages et les coutumes très anciennes du royaume de Logres[1].

En ce temps-là, en effet, la coutume voulait qu'un chevalier qui rencontrait une demoiselle ou une jeune fille avait l'obligation de la respecter scrupuleusement

1. À Logres, pays où vivent les chevaliers courtois, on protège les faibles et on les défend contre leurs agresseurs. À Gorre, pays du roi Bademagu et de son fils Méléagant, on n'hésite pas à exploiter les pauvres et les prisonniers.

et de protéger son honneur. Sinon, il subissait la honte publique et ne pouvait plus jamais paraître dans les cours royales. Mais si on rencontrait un chevalier escortant une jeune fille, on pouvait défier le chevalier et, en cas de victoire, emmener la jeune fille et faire d'elle ce qu'on voulait, sans risque d'être blâmé. C'est pourquoi la jeune fille voulait s'assurer que le chevalier serait prêt, en cas de nécessité, à la défendre contre un autre chevalier. Le Chevalier s'y engagea :

– Si quelqu'un voulait vous faire du mal, il faudrait d'abord qu'il s'adresse à moi, je vous le promets.

Le Chevalier et la demoiselle s'en vont donc à vive allure, lui sur son destrier, elle sur son palefroi. Elle engage la conversation, mais il ne répond pas. Ce qu'elle dit ne l'intéresse pas. Penser lui plaît, parler le fatigue. Il faut dire que sa blessure d'amour se ravive. Aucun médecin ne peut rien contre une telle plaie.

Ils allèrent par chemins et sentiers, prenant au plus court, et parvinrent auprès d'une fontaine entourée d'une margelle, juste au milieu d'un pré. Sur la margelle, un peigne d'ivoire doré avait été oublié. Jamais, depuis la nuit des temps, on n'avait vu un peigne aussi beau. La personne qui s'en était servie avait laissé accrochée au peigne une bonne demi-poignée de cheveux.

– Ah ! fait le Chevalier, je n'ai jamais vu un aussi beau peigne.

– Donnez-le moi, fait la jeune fille.

Il ramasse le peigne et le contemple longuement ainsi que les cheveux. La jeune fille se met à rire. Il lui demande la raison, mais elle s'en tire par une pirouette. Il insiste :

– Soit, dit la demoiselle, je vais vous dire pourquoi je ris. Mon petit doigt me dit à qui ce peigne appartient. Regardez bien tous ces beaux cheveux blonds et brillants qui sont restés entre les dents. Ce sont ceux de la reine. Ils n'ont certainement pas poussé dans un autre herbage !

– Ma foi, dit le Chevalier, il y a pas mal de reines et de rois. De laquelle voulez-vous parler ?

– De la femme du roi Arthur, bien sûr !

Il fut pris d'étourdissement et dut se raccrocher à sa selle. La demoiselle eut très peur de le voir tomber de cheval. Elle sauta à terre. Il avait le visage tout pâle et il ne parlait plus. Quand il revint à lui, il demanda ce qu'elle faisait auprès de lui. Elle ne voulait pas le blesser en lui disant qu'il s'était évanoui, alors elle dit que c'était à cause du peigne :

– Il est si beau que j'en avais vraiment envie.

Il lui dit qu'il voulait bien le lui donner. Délicatement, il retira un à un, sans les casser, tous les cheveux blonds. Il les adore ces cheveux, il les touche cent mille fois, il les porte à ses yeux, à sa bouche, au front et au visage. Ils sont sa joie, son bonheur, sa richesse. Il les glisse entre sa chemise et sa peau, près du cœur. Il ne les échangerait pas pour un chariot rempli d'émeraudes et d'escarboucles[1]. Ils sont son médicament magique. Plus besoin de médecines, plus besoin d'antivenin, plus besoin de prier saint Martin et saint Jacques ! Pourquoi tient-il aussi passionnément à ces cheveux ? Parce que si l'on mettait côte à côte ces cheveux et de l'or mille fois purifié, l'or serait comme une nuit noire comparée au plus beau jour d'été.

Ils repartent donc, elle avec le peigne, lui avec les cheveux sur son cœur. Ils traversent une forêt, puis ils s'engagent dans un chemin étroit qui empêche d'avancer côte à côte. La jeune fille va devant. Elle voit soudain venir un chevalier qu'elle reconnaît aussitôt. Elle s'inquiète :

– Seigneur, dit-elle à son compagnon, voyez-vous celui qui arrive tout armé et prêt pour la bataille ? Il pense qu'il va m'emmener avec lui sans rencontrer de résistance. Il m'aime à la folie et passe son temps à m'envoyer des messages d'amour. Mais moi, je ne l'aime pas. Plutôt mourir que d'être à lui ! Il jubile, comme s'il me possédait déjà. Je vais bien voir si vous êtes un preux chevalier ! Si vous pouvez me protéger, alors je dirai partout que vous êtes très valeureux.

Et lui, le Chevalier, répond : « Allez, allez ! » comme pour dire : « Vous vous faites du souci pour rien. »

Au grand galop le chevalier en question arriva. Il se sentait tellement heureux de rencontrer la femme

1. Escarboucle : pierre précieuse rouge grenat.

qu'il aimait le plus au monde. Il la salua de tout son cœur :

– Que la femme que je désire le plus et qui me donne le moins de joie et le plus de souffrance soit la bienvenue d'où qu'elle vienne.

Il fallut bien que la demoiselle lui rende son salut, sinon avec son cœur, du moins du bout des lèvres. Le chevalier s'enorgueillit de la réponse de la demoiselle, réponse qui ne lui avait pas beaucoup coûté et ne lui avait pas sali la bouche. Il se sentit comblé de gloire et d'honneur, comme s'il venait de remporter un tournoi. Il attrapa le cheval de la demoiselle par les rênes :

– Je vous emmène, dit-il. Après les grandes épreuves, voici les réjouissances. J'ai tout ce que je voulais, je suis comblé.

La demoiselle lui répondit :

– Ne vous flattez pas trop vite, car ce chevalier m'escorte.

– Bien faible escorte, puisque je vous ai prise. Ce chevalier, je pense, aurait plus vite fait d'avaler un gros tonneau de sel que de trouver le courage de s'en prendre à moi. Je n'ai pas encore rencontré un chevalier capable de m'empêcher de vous conquérir. Maintenant que je vous ai, je vous emmène. Et tant pis si cela lui déplaît !

Le Chevalier à la charrette ne s'émut pas devant tant de vantardise. Il commença calmement à lui disputer la demoiselle :

– Seigneur, soyez plus mesuré dans vos paroles et ne gaspillez pas votre salive. Quand vous aurez des droits sur cette demoiselle, ils seront respectés. Mais ce n'est pas le cas pour le moment. Elle est ici sous ma protection.

L'autre répondit qu'il voulait bien être brûlé s'il n'emmenait pas la jeune fille.

– Alors, déclara le Chevalier, nous allons combattre. Mais ce chemin est trop étroit. Cherchons un endroit dégagé, une prairie ou une lande.

Ils s'en allèrent tous les trois à la recherche d'un endroit dégagé. Une prairie se présenta bientôt devant eux. Il y avait du monde, car elle servait de terrain de jeux. Certains jouaient au trictrac, aux échecs, aux dés, au double-six. D'autres retrouvaient les amusements de leur enfance et faisaient la ronde. On dansait, on chantait, on sautait et on se défiait à la lutte. Il y avait là un chevalier assez âgé, aux cheveux argentés, monté sur un cheval brun d'Espagne équipé d'une selle et de rênes dorées. Il était vêtu d'une simple blouse et d'un manteau à la fourrure de vair. Cet homme était le père du chevalier qui voulait emmener la demoiselle.

À un autre endroit de la prairie, se tenaient vingt-trois chevaliers, tous armés, montant de bons chevaux irlandais. Quand ils virent les trois déboucher sur la prairie, ils s'écrièrent :

– Mais c'est notre chevalier qui voyagea sur la charrette !

L'autre chevalier, pendant ce temps, était arrivé auprès de son père aux cheveux d'argent :

– Père, grande est ma joie aujourd'hui, car Dieu m'a donné la personne que j'ai toujours désirée. Je ne serais pas plus comblé s'il m'avait couronné roi !

Le père remarqua :

– Celui que je vois venir derrière toi, je ne suis pas sûr qu'il te la donne ; je crois plutôt qu'il vient te la disputer.

Tous les jeux s'étaient arrêtés sur la prairie. Plus de réjouissances, pour bien marquer le mépris envers le Chevalier à la charrette. Celui-ci s'adressa au chevalier qui lui contestait la jeune fille :

– Laissez cette demoiselle, car vous n'avez pas de droits sur elle.

– Je le savais bien, tu vois, remarqua le père. Mon fils, laisse donc cette jeune fille, rends-la au chevalier.

Le fils n'apprécia pas du tout ce conseil :

– Que Dieu, dit-il, ne me fasse plus jamais connaître la joie si jamais je la rends. Je la considère comme engagée[1] envers moi, selon le droit. Il faudrait que je perde ma confiance dans mon épée et ma lance avant de la laisser partir.

1. Engagée : le terme utilisé par Chrétien est « lige ». Au Moyen Âge, on parle d'un homme, d'une femme, d'un vassal lige. Il s'agit d'une personne qui a un engagement de fidélité absolue envers son seigneur. L'objet de la querelle est la demoiselle, et celle-ci est traitée dans le récit comme un objet, une chose, relevant du droit : à qui appartient-elle en droit ? Si le chevalier qui l'escorte est vaincu par un autre chevalier, elle revient de droit à ce dernier.

– Je ne te permettrai pas de combattre, dit le père, car tu te surestimes. Fais donc ce que je dis.

Alors, le fils éclata :

– Vous voulez donc ma honte ? Je n'aurais pas le droit de me battre fièrement ? On a bien raison de dire que les bonnes affaires ne se font pas en famille, car un étranger ne m'empêcherait pas de combattre. Oui, je vais me battre, et tant pis pour vous !

Le père appela le groupe de chevaliers et leur demanda de retenir son fils. Ils l'attrapèrent alors par les bras et par le cou. Il devra donc, malgré lui, rendre la jeune fille.

– Voilà, dit le père, maintenant tu n'es plus en état de te battre. Mais j'ai une proposition à te faire pour adoucir ta rancœur. Ensemble, nous allons suivre ce chevalier, aujourd'hui et demain, par les bois et la plaine, au bon rythme de nos chevaux. Nous l'observerons bien et peut-être alors je te donnerai la permission de l'affronter au combat.

Le fils accepta, contraint et forcé. Et tous ceux qui étaient sur la prairie s'étonnèrent :

– Avez-vous vu ? se demandaient-ils. Celui qui goûta à la charrette des condamnés a conquis l'honneur d'emmener avec lui l'amie du fils de notre seigneur. C'était bien inutile d'arrêter nos jeux en signe de mépris. Allons, retournons jouer.

Celui qui soulèvera la dalle

Le Chevalier à la charrette et la jeune fille quittent la prairie, suivis de loin par le père et son fils. Ils arrivent à midi en un bel endroit où se dresse l'église d'un monastère entourée, sur l'avant, par les murs d'un cimetière. Le Chevalier entre à pied dans l'église pour prier, pendant que la demoiselle lui garde son cheval. En sortant de l'église, il aperçoit un très vieux moine et lui demande la permission d'entrer dans le cimetière. Il y a là les plus belles tombes qu'on puisse trouver jusqu'à Pampelune. Et sur chacune d'elles sont gravés les noms de ceux qui y reposeront. Le Chevalier lit :

ICI REPOSERA GAUVAIN
ICI REPOSERA LOUIS
ICI REPOSERA YVAIN

D'autres tombes portent les noms des chevaliers les plus estimés en cette terre et ailleurs. Découvrant une tombe de marbre, la plus belle de toutes, un vrai chef-d'œuvre, le Chevalier demande au moine :

– Toutes ces tombes, à qui servent-elles ?

– Vous avez lu et compris les noms écrits dessus, répond le moine, vous savez donc ce que ces tombes signifient.

– Et celle-ci, la plus grande, en marbre ?

– C'est un sarcophage. Par ses riches sculptures, il dépasse en beauté tout ce qui a été fait jusqu'ici. Il est superbe au-dehors, il l'est encore plus à l'intérieur. Mais vous ne pourrez jamais vérifier, car il faudrait sept hommes bien plus forts que vous et moi pour soulever la dalle.

Les lettres écrites dessus disent :

CELUI QUI SOULÈVERA CETTE DALLE TOUT SEUL DÉLIVRERA CEUX ET CELLES QUI SONT EN PRISON DANS CETTE TERRE D'OÙ PERSONNE NE RESSORT UNE FOIS QU'IL EST ENTRÉ. PERSONNE N'EN EST ENCORE JAMAIS REVENU. LES ÉTRANGERS Y SONT EMPRISONNÉS TANDIS QUE LES GENS DU PAYS VONT ET VIENNENT, ENTRENT ET SORTENT COMME ILS VEULENT.

Aussitôt le Chevalier va vers la dalle et la soulève sans aucune peine, mieux que dix hommes qui y auraient mis toutes leurs forces. Devant ce prodige, le moine tombe presque à la renverse :

– Sire, dit-il, j'ai grande envie de savoir votre nom. Allez-vous me le dire ?

– Non, fait le Chevalier.

– Voilà une réponse peu courtoise. Pouvez-vous au moins me dire votre pays ?

– Je suis un chevalier, je viens du royaume de Logres. Cela devrait vous suffire. Mais redites-moi, s'il vous plaît, qui sera mis dans cette tombe.

– Ce sera celui qui délivrera les gens pris au piège du royaume dont personne ne s'échappe.

Le Chevalier revient avec le moine vers la jeune fille. Pendant que celle-ci monte en selle, le vieux moine lui raconte tout ce que vient de faire le Chevalier et lui demande si elle connaît son nom. Elle lui avoue son ignorance. Elle sait seulement qu'il n'y a pas au monde un autre chevalier comme celui-ci ; on n'en trouverait aucun partout où soufflent les quatre vents.

Le Chevalier repart suivi de la jeune fille. C'est au tour du chevalier aux cheveux d'argent d'arriver en compagnie de son fils. Il demande au vieux moine s'il n'a pas rencontré quelqu'un escortant une demoiselle.

– Ils viennent de partir, répond le moine. Mais avant, le chevalier a fait ici un grand exploit : il a soulevé tout seul, sans aucun effort, la dalle du tombeau de marbre. Il va au secours de la reine, et il réussira sans doute, et avec elle il secourra tous les autres prisonniers dont parle l'inscription de la tombe. Jamais on n'avait vu naître au monde un chevalier de cette valeur.

Le chevalier se tourne vers son fils :

– Fils, que t'en semble ? Qui avait raison ? N'est-il pas exceptionnel ce chevalier ? Même si on me proposait en cadeau la très riche ville d'Amiens, jamais je n'accepterais que tu te mesures à lui. Maintenant, ce serait folie de le suivre. Il est temps de rentrer.

– Oui, rentrons, dit le fils.

Pendant ce temps, la jeune fille chevauchait auprès du Chevalier. Elle aurait bien aimé savoir son nom. Alors elle le lui demanda, une fois, et encore une fois, si bien qu'elle finit par sérieusement l'agacer :

– Ne vous ai-je pas dit, répliqua-t-il, que je suis du royaume d'Arthur ? Cela suffit, je ne vous dirai pas mon nom.

Alors elle lui demanda congé car elle voulait retourner d'où elle venait. Et le Chevalier, tout heureux, lui permit de rentrer chez elle.

Au pays de Gorre

Il chevaucha le reste de la journée. Le soir, à l'heure de complies, il était encore en chemin quand il vit un chevalier sortir d'un bois où il avait chassé. C'était un vavasseur[1] ; il montait un grand cheval gris sur lequel il avait chargé les bêtes qu'il venait de prendre. Son fils l'accompagnait.

– Sire, dit le vavasseur, il va bientôt faire nuit. J'ai une maison pas loin d'ici, je vous y conduis. Cela me fera plaisir de vous offrir l'hospitalité, dans la mesure de mes moyens.

– Cela me fait plaisir aussi, dit le Chevalier.

Le fils partit devant pour faire préparer le logement et hâter la cuisine.

Le vavasseur avait pour femme une dame de bonne éducation, et cinq fils qu'il chérissait. Deux étaient chevaliers, les trois autres allaient le devenir. Il avait aussi deux filles non mariées, aimables et belles.

1. Vavasseur : vassal d'un vassal et non d'un suzerain. C'est donc un petit vassal, au bas de la hiérarchie féodale.

Arrivés dans la cour de la maison, la dame accueillit le Chevalier. Les fils et les filles s'empressèrent autour de lui, l'aidèrent à descendre de cheval et à ôter son armure. L'une des filles enleva son propre manteau pour l'en revêtir et lui faire honneur. Après le souper, qui fut excellent, le vavasseur lui demanda qui il était et de quel pays il venait :

– Je suis du royaume de Logres, répondit-il. C'est la première fois que je viens dans ce pays.

La surprise et l'angoisse se lurent sur les visages :

– Quel malheur, beau et doux sire ! s'exclama d'une seule voix la famille. Vous allez, comme nous, devenir esclave et exilé.

– D'où êtes-vous donc ? s'enquit le Chevalier.

– De la même terre que vous. Il y a ici, au royaume de Gorre, beaucoup d'honnêtes gens retenus en esclavage. La coutume veut que tout étranger arrivant ici reste lié à cette terre. On peut entrer librement, mais on reste ici à vie. Voilà ce qui vous attend, vous qui venez d'entrer : jamais vous ne ressortirez.

– Je sortirai, dit le Chevalier, si j'en ai la possibilité.

– Si cela arrivait, dit le vavasseur, tous les autres prisonniers pourraient sortir aussi.

Le vavasseur se souvint soudain d'un bruit qui courait : un chevalier valeureux venait d'entrer dans le pays et allait tout droit son chemin pour délivrer la reine, prisonnière de Méléagant. C'était ce chevalier, sans doute. Il dit :

– Ne me cachez rien, sire, de la raison qui vous amène en ce pays. En échange, je vous donnerai, c'est promis, un précieux conseil. Dites-moi la vérité : c'est pour la reine que vous êtes venu jusqu'ici, au milieu de ces infidèles pires que les Sarrasins[1].

Le Chevalier répondit :

– Je ne suis pas venu pour autre chose. La reine est prisonnière, mais je ne sais pas où elle se trouve. J'ai grand besoin de vos conseils.

– Sire, expliqua le vavasseur, le chemin que vous avez pris conduit tout droit au Pont de l'Épée. Un bien dangereux itinéraire ! Mais je connais un autre chemin pour vous y rendre, et je vous conseille de le suivre.

– Est-il aussi direct que celui-ci ?

– Non, il est plus long, mais plus sûr.

– Alors, répondit le Chevalier, oublions-le. Renseignez-moi plutôt sur le plus direct.

– Sire, dit le vavasseur, vous n'y gagnerez rien. Car demain, vous tomberez sur un endroit appelé Passage des Pierres. Impossible d'y faire passer deux hommes en même temps. Et c'est un endroit très bien gardé. Vous serez accueilli à grands coups d'épées et de lances, et vous aurez à en donner beaucoup avant d'arriver de l'autre côté.

1. Sarrasins : au Moyen Âge, les Sarrasins désignent les ennemis de la chrétienté. Par exemple, dans *La Chanson de Roland*, le héros combat les Sarrasins à Roncevaux.

Un des deux fils du vavasseur qui étaient chevaliers s'avança :

– Père, si cela ne vous fait rien, j'irai avec ce seigneur.

– Moi aussi, dit le deuxième fils, qui n'était encore pas chevalier.

Le père leur donna son accord et le Chevalier les remercia. Il ne serait pas seul au moment du danger.

Après une bonne nuit de repos, le Chevalier et les deux fils du vavasseur se mirent en route. Ils arrivèrent au Passage des Pierres à l'heure de prime[1]. Un guetteur veillait au poste de garde. Dès qu'il les vit, il cria d'une voix tonitruante :

– Ennemis en vue, ennemis en vue avec chevaux !

Un chevalier entouré de ses hommes apparut. Il portait une armure neuve et les hommes des haches bien tranchantes.

– Vassal, cria-t-il d'une voix provocante. Tu t'es montré bien hardi et naïf en entrant dans ce pays ! Un homme qui osa voyager sur une charrette n'a vraiment rien à faire par ici !

Alors ils s'élancèrent l'un contre l'autre à plein galop. Au premier choc, le gardien du passage cassa sa lance. Le Chevalier à la charrette l'atteignit à la gorge et l'envoya s'aplatir contre les pierres. Les hommes

1. Prime : six heures du matin.

armés de haches passèrent à l'attaque, mais le Chevalier s'aperçut qu'ils n'y mettaient pas grand cœur. Il ne tira donc pas son épée du fourreau et franchit le passage avec ses deux compagnons, ce qui fit grande impression sur les hommes à la hache, car franchir le passage était un véritable exploit. Quant aux deux fils qui accompagnaient le Chevalier, ils furent aussi émerveillés. Le plus grand dit à son frère de partir au plus vite raconter à leur père ce qu'ils venaient de voir, mais l'autre refusa : il ne voulait plus quitter ce preux[1] ; ce serait lui et personne d'autre qui le ferait chevalier.

Quelques heures plus tard, ils rencontrèrent un homme qui leur demanda qui ils étaient. Ils répondirent :

– Des chevaliers qui s'occupent de leurs affaires.

– J'aimerais vous héberger chez moi, dit l'homme.

– Pas question de se reposer, répondit celui qu'accompagnaient les deux fils. On ne s'attarde pas quand on est engagé dans une affaire importante.

Mais l'homme insista. Il dit que son logis était encore très loin d'ici, si bien qu'ils n'arriveraient que tard le soir après avoir accompli un bon bout de chemin.

– Alors, j'accepte, dit le Chevalier.

1. Preux : le preux est un combattant brave, courageux et respectueux des règles de la chevalerie.

Ils reprirent la route et bientôt un écuyer arriva au galop sur un cheval de transport, gras et rond comme une pomme. Il dit à l'homme :

– Sire, sire, venez vite, car les gens de Logres attaquent les gens d'ici en groupes armés. La guerre a commencé, c'est la bataille, c'est la mêlée ! Ils disent qu'un chevalier s'est introduit dans le pays ; il a soutenu plusieurs combats et personne ne peut l'empêcher d'avancer.

L'homme se mit au grand galop. Et les trois chevaliers le suivirent de bon cœur, car ils avaient bien l'intention de participer à la bataille pour aider les gens de Logres contre ceux de Gorre.

Une forteresse bâtie sur une hauteur se dressa devant eux. Au grand galop, l'homme y entra, les trois chevaliers derrière lui. Dès qu'ils eurent passé le mur d'enceinte entouré d'un fossé, une herse s'abattit derrière eux, leur coupant toute retraite. Ils ne se laissèrent pas intimider et continuèrent à suivre l'homme pour passer la deuxième porte. L'homme la franchit sans difficulté, mais au moment où ils allaient la passer à leur tour, un panneau coulissant s'abattit devant eux, les faisant prisonniers.

Ils furent tout de suite très inquiets, car ils croyaient qu'on venait de les soumettre à un enchantement[1].

1. Enchantement : un enchantement est produit par un enchanteur qui, par des gestes magiques, soumet quelqu'un à des contraintes de toutes sortes, comme par exemple se retrouver prisonnier.

Mais le héros de cette histoire possédait une bague. Il suffisait d'en regarder la pierre pour savoir s'il s'agissait ou non d'un enchantement. Il fixa donc ses yeux sur l'anneau et les concentra sur la pierre en disant :

– Dame, dame, que Dieu me garde. J'aurais dès maintenant bien besoin de votre aide.

Cette bague lui avait été donnée par une fée, celle-là même qui l'avait élevé durant son enfance[1]. Autant dire qu'il lui faisait une extrême confiance quand il s'agissait de se faire aider. Grâce à la pierre et à l'invocation qu'il avait faite à la fée, il vit bien qu'il ne s'agissait pas d'un enchantement. Quelqu'un les avait faits tout bonnement prisonniers.

Aidé des deux fils, le Chevalier se dirigea vers une poterne[2] étroite et basse. Ils attaquèrent à l'épée la barre de fermeture jusqu'à ce qu'elle cède et qu'ils se retrouvent hors de la tour. Devant eux s'étendaient des prés, et c'était là que la grande bataille avait commencé. Il y avait au moins mille chevaliers dans chaque camp, sans compter un grand nombre de vilains[3]. Alors, sans plus tarder, le Chevalier se dirigea vers la mêlée.

Un adversaire vint à sa rencontre pour jouter. Le Chevalier le percuta avec sa lance qui traversa l'œil et

1. Chrétien de Troyes fait allusion ici à la tradition qui racontait comment Lancelot avait été élevé par la fée Viviane, la Dame du Lac. **2.** Poterne : petite porte permettant de sortir de la forteresse. **3.** Vilains : paysans. Les vilains ont des armes mais vont à pied.

l'abattit raide mort. Le jeune fils du vavasseur, celui qui voulait devenir chevalier, récupéra le cheval et l'armure et l'ajusta sur son corps avec des gestes précis. Il remonta à cheval, s'équipa de l'écu et d'une grande lance bien décorée. Il mit à son côté l'épée tranchante tout éclaboussée de lumière puis rejoignit son frère et son seigneur ; ce dernier n'avait pas attendu pour mettre en pièces écus, heaumes et hauberts[1]. Ni l'écu ni l'armure ne protègent celui qu'il attaque : le voilà malmené et planant dans les airs avant de retomber mort aux pieds de son cheval. Le Chevalier à la charrette se bat, il donne l'exemple à ceux de Logres. Ceux-ci s'étonnent et pressent de questions le fils du vavasseur qui leur répond :

– Seigneurs, c'est celui qui nous tirera tous de l'exil et de la grande misère où nous sommes depuis si longtemps. Saluons-le bien bas, car pour nous tirer de notre prison, il a traversé et traversera encore de gros dangers.

Ces informations firent naître la joie dans les âmes et redoublèrent le courage des combattants. Ils malmenèrent beaucoup d'adversaires. Mais la nuit noire les obligea à arrêter la bataille.

Les gens de Logres captifs au royaume de Gorre entourèrent le Chevalier, attrapèrent son cheval par les rênes et lui souhaitèrent la bienvenue. Chacun

1. Haubert : longue chemise en mailles d'acier.

voulait l'héberger dans sa propre maison. Pour un peu, ils en seraient venus aux mains. Mais le Chevalier les calma :

– Vous voulez me faire plaisir en me recevant chez vous, soit ! Sachez que c'est l'intention qui compte, et j'y suis très sensible. Mais maintenant, finies les disputes !

Ils se mirent finalement d'accord pour lui offrir hébergement chez un chevalier dont le logis se trouvait sur le chemin qu'il devait prendre.

Le Pont de l'Épée

Le lendemain matin, tous l'attendaient pour partir avec lui. Mais le Chevalier ne voulut pas d'autre escorte que les deux fils du vavasseur. Ils partirent donc à trois, pour une journée de chevauchée sans incident. Le soir, au sortir de la forêt, ils aperçurent une belle maison de chevalier, et une dame à la porte. Elle les accueillit avec grâce et leur offrit l'hébergement. Ses fils et ses filles s'empressèrent autour des trois invités, les délivrèrent de leurs armures et s'occupèrent des chevaux. Ils purent ainsi très vite entrer se reposer dans la maison.

Le maître des lieux rentra de la chasse, chargé de gibiers de toutes sortes. Toute la maisonnée s'activa. On alluma les chandelles, on prépara serviettes et bassines pour se laver les mains pendant que les gens s'affairaient en cuisine. Le seigneur de la maison venait tout juste d'inviter ses trois hôtes à passer à table quand, en guise de hors-d'œuvre, se présenta sur le seuil de la porte un chevalier monté sur son destrier.

Personne ne l'avait entendu arriver. Armé des pieds à la tête, plus orgueilleux qu'un taureau, il se payait la fantaisie de s'appuyer d'une jambe à l'étrier et de caresser la crinière de son cheval avec l'autre jambe. Il dit :

– J'aimerais connaître le prétentieux qui s'est mis dans sa tête sans cervelle l'idée de passer le Pont de l'Épée.

– C'est moi, répondit le Chevalier à la charrette.

– Toi ? Comment cela, toi ? Avant de te lancer dans l'entreprise, tu aurais dû penser à la façon dont cela risque de finir. Tu te souviens ? Je ne sais pas si tu ressens de la honte d'être monté dans ce maudit véhicule, mais franchement, on ne se lance pas dans des défis quand on mérite le nom de Chevalier à la charrette.

Le Chevalier ne répondit pas. Mais autour de lui, ce fut l'étonnement général :

– Mon Dieu, quelle histoire ! Comment ce grand chevalier, dont personne n'a jamais égalé les exploits, a-t-il pu se retrouver sur une maudite charrette ! Quel crime a-t-il donc commis ? Cela le suivra toute sa vie !

Et l'autre, celui qui venait de révéler l'histoire de la charrette, reprit :

– Écoute-moi, chevalier. Si tu veux, tu passeras l'eau en douceur, sans problème, car je te ferai traverser en barque. Mais le prix du péage sera ta tête. Je la prendrai ou non, c'est comme il me plaira.

– Je ne joue pas à ces jeux-là, répond le Chevalier. Pas question de risquer ma tête !

– Alors, dit l'autre, il ne reste plus que le combat singulier, là dehors, maintenant. On verra bien sur qui la honte retombera.

Le repas n'avait pas commencé que déjà le Chevalier à la charrette devait quitter la table. Il demanda aux valets qui tenaient les plats de courir seller le cheval et de lui apporter ses armes. Ils firent très vite pour le couvrir de l'armure et l'aider à monter à cheval. Et dès qu'il mit sa monture au pas, l'écu bien au bras, le heaume lacé bien en place sur la tête, on vit tout de suite que ce n'était pas un équipement d'emprunt. Ce chevalier était la beauté et l'harmonie mêmes. Il ne faisait qu'un avec son armure. Vous auriez juré qu'il était né avec.

La rencontre a lieu sur une lande. Ils lancent leurs destriers l'un contre l'autre. Le choc des lances est si violent qu'elles éclatent en morceaux. Ils sortent les épées. Les coups s'abattent sur les écus, sur les armures. Tous les deux sont blessés. Furieux, ils échangent les coups comme on échange au marché les pièces de monnaie. Les épées dévient sur les pauvres chevaux qui s'écroulent morts. Ils continuent à pied, encore plus férocement.

Bien sûr, tout le monde est là pour assister au combat, le seigneur en tête. Le Chevalier à la charrette le voit, entouré de ses gens, et il se reproche aussitôt de n'avoir pas encore terminé ce combat en vainqueur.

Il en tremble de fureur et repart à l'assaut. Son épée frôle la tête de son adversaire. C'est le déchaînement, la tempête, et l'autre, malmené, recule. Le Chevalier n'a pas digéré qu'on ironise sur son voyage dans la charrette maudite. Il parvient à couper les attaches du heaume, le fait voler en entier. L'adversaire est débordé de partout, le voilà comme l'alouette entre les serres de l'épervier. La honte est sur lui, il va devoir implorer sa grâce.

– Veux-tu que je t'accorde ta grâce ? demande le Chevalier à la charrette.

L'autre n'est pas sans humour :

– Rien ne me ferait plus plaisir en cet instant !

– Alors, dit le Chevalier, tu m'as reproché d'être monté dans la charrette des condamnés, tu devras y monter à ton tour.

– Surtout pas ça, proteste l'autre. J'accepterai tout ce que vous voudrez mais pas ça.

– Alors, tu vas mourir.

Pendant que le vaincu demandait sa grâce, arriva une jeune fille, la tête nue et mal coiffée, au grand galop d'une mule couleur fauve qu'elle cravachait à grands coups. Elle s'arrêta et salua le Chevalier à la charrette :

– Je suis venue de loin pour une affaire urgente. Voilà, je vous demande un don et, en échange, je vous aiderai, le jour où vous en aurez besoin.

– Ce que vous voulez, dit le Chevalier, vous l'obtiendrez sans délai si ce n'est chose trop difficile.

– Je veux, dit-elle, la tête de ce chevalier que vous venez de vaincre ; on n'a jamais vu un individu aussi pervers. Ce ne sera pas un péché ; ce sera au contraire une action charitable tellement il est déloyal.

Le vaincu s'écria :

– Ne l'écoutez pas, elle me hait ! Au nom de Dieu, pitié pour moi.

– Ne le croyez pas, chevalier, fait à son tour la demoiselle.

Le Chevalier est bien dans l'embarras. Cela a toujours été sa règle de conduite : il accorde la grâce à qui le supplie, mais il ne l'accorde qu'une seule fois. C'est pourquoi il dit à son adversaire :

– Si tu veux sauver ta tête, tu dois reprendre les armes. Mais tu mourras si je te bats encore cette fois. Et je te laisse un bel avantage, car je vais te combattre sans bouger un seul pied.

Le combat reprend donc, et le Chevalier à la charrette l'emporte facilement. La jeune fille crie :

– Ne l'épargnez pas, chevalier. Il ne vous aurait pas donné une seconde chance, lui ! Tu dois me donner sa tête, et je crois qu'un jour, je pourrai t'en récompenser.

Le Chevalier s'en tient à son principe : une fois, mais pas deux. Alors il délace le heaume du vaincu et lui tranche la tête. La jeune fille dit :

– Vous ne pouvez pas savoir combien il était cruel. Le savoir vivant sur terre m'était insupportable. Croyez-moi, vous recevrez une récompense au bon moment. Je dois partir maintenant. Que Dieu vous garde !

Ce fut une grande joie dans l'assistance. Ils aidèrent le Chevalier à enlever son armure. Puis ils se lavèrent les mains, car ils étaient pressés de se remettre à table.

Le repas fut long et joyeux. Le vavasseur dit à son hôte :

– Sire, nous sommes nés au royaume de Logres, mais nous l'avons quitté il y a très longtemps. Nous sommes tous concernés par votre entreprise, car votre succès tournerait à notre avantage. Tous nos vœux vous accompagnent !

– Dieu vous entende ! dit le Chevalier.

L'un des fils du vavasseur prit la parole à son tour :

– Sire, c'est le moment des dons et non pas des promesses. Ne regrettez pas votre cheval mort. Nous avons aux écuries des destriers bien forts. Vous choisirez le meilleur.

– Très volontiers, dit le Chevalier.

Le lendemain matin, au petit jour, ils se levèrent et se préparèrent à partir. Le Chevalier salua fort courtoisement ses hôtes. Il ne voulut pas monter le meilleur cheval, celui qu'on venait de lui donner, mais le laissa à l'un des deux chevaliers qui allaient l'accompagner et prit le sien en échange. Cela lui plaisait mieux ainsi.

Ils voyagèrent toute la journée et, le soir même, ils parvinrent au Pont de l'Épée.

Mettant pied à terre près de cet endroit redoutable, ils observèrent l'eau traîtresse, noire et bruyante, fuyante et épaisse ; elle avait la laideur du fleuve du diable. Tomber dans cette eau profonde, c'était comme tomber dans la mer salée. Et le pont qui la traversait ne ressemblait à aucun autre. Jamais on n'avait vu cela. Une épée bien propre et brillante, rigide et longue comme deux lances : voilà en quoi consistait le pont suspendu au-dessus de l'eau froide. Chaque extrémité était rivée à un grand tronc, si bien qu'il n'y avait pas de risque qu'elle casse ou qu'elle plie.

Les compagnons du Chevalier crurent voir sur l'autre rive, à l'entrée du pont, deux lions ou peut-être deux léopards attachés à une grosse pierre. L'eau, le pont, les lions, c'en était trop pour les deux hommes saisis de frayeur. Ils dirent :

– Seigneur, ce pont est mal fait, mal joint, mal charpenté. Il est encore temps de vous en retourner, mais après ce sera trop tard. Personne ne peut passer ce pont. C'est aussi impossible que d'empêcher les vents de venter, les oiseaux de chanter ou de vider l'océan. Mais supposons que vous puissiez le traverser. Pouvez-vous croire un seul instant que ces deux lions féroces, enchaînés de l'autre côté, ne vont pas se jeter sur vous pour vous sucer le sang, dévorer votre chair et ronger vos os ? Rien que de les regarder, nous sommes terrifiés.

Ils vont vous massacrer, vous arracher les membres. Croyez-nous, ils n'auront pas de pitié. La pitié, c'est vous qui devez l'avoir envers vous. Restez.

Mais le Chevalier leur répond en riant :

– Seigneurs, grand merci de vous soucier de ma personne. Vous ne voulez pas qu'il m'arrive malheur, cela prouve votre affection. Mais j'ai foi en Dieu et je crois qu'il me protégera. Plutôt mourir que revenir en arrière.

Il se prépare d'une manière surprenante : il enlève en effet les protections de ses pieds et de ses mains. Sûr, il n'arrivera pas sans blessures de l'autre côté ! Mais il préfère être ainsi, sans chausses ni souliers ; cela le rendra plus à l'aise pour bien s'agripper à l'épée. Tant pis pour les plaies. Mieux vaut se blesser gravement que tomber dans une eau dont on ne peut pas ressortir.

Il attaque donc la traversée du pont au prix d'une grande douleur. Il se blesse les pieds, les genoux et les mains, il est en grande détresse, mais Amour qui le guide rend douce la souffrance. À l'aide de ses mains, de ses pieds et de ses genoux, il parvient de l'autre côté. Alors il se souvient des deux lions qu'il croyait avoir vus depuis l'autre rive. Il regarde, il ne voit rien ni personne susceptible de l'agresser, même pas un lézard. Il se tourne alors vers la bague de son doigt capable de repérer les enchantements : sur la pierre, les lions qu'il croyait avoir vus n'apparaissent pas. Il sait alors qu'il a subi l'effet d'un enchantement. Aucun des deux lions n'existe en réalité !

Les deux chevaliers restés sur l'autre rive se réjouissent du succès de sa traversée, mais ils ne sont pas au courant de ses graves blessures. Lui, il s'estime heureux de s'en être tiré sans trop de dommages.

Le combat pour la reine

Non loin du pont, se dressait une tour très impressionnante. À l'une des fenêtres, se tenait Bademagu. C'était un roi très avisé, un homme d'honneur et de bien. Malheureusement, son fils Méléagant était tout le contraire. Il aimait faire le mal. C'était un champion de la trahison et de la perfidie. Il n'y aurait pas eu meilleur chevalier s'il n'avait été aussi déloyal. Mais il avait un cœur de pierre. Il était là, aux côtés de son père, à la fenêtre. Tous les deux avaient vu le Chevalier passer le pont. Le visage de Méléagant changea de couleur sous l'effet de la colère. Il savait bien qu'on venait lui disputer la reine.

Le roi se réjouit, car il savait bien que la traversée du pont ne pouvait avoir été faite que par un chevalier courageux. Il fit ainsi la leçon à son fils Méléagant :

– Fils, dit-il, nous nous sommes accoudés à la fenêtre par hasard, et nous venons d'assister à un très grand exploit. Il faut savoir le reconnaître. Arrange-toi avec ce chevalier et rends-lui la reine, car un conflit avec lui ne te conduira à rien. Il est venu chercher Guenièvre, ne t'obstine pas à la garder. Fais-lui honneur sur ta terre, car on s'honore toujours en honorant quelqu'un de qualité. C'est le meilleur chevalier du monde.

Méléagant répondit :

– Que Dieu me confonde s'il n'existe pas de meilleur chevalier au monde ! Vous voulez sans doute que je l'accueille les mains et les pieds joints, et que je devienne son vassal ! Je ne lui rendrai pas la reine.

– Fils, répondit le roi, choisis l'apaisement. Ce chevalier n'a aucun intérêt à faire la paix. Il veut, au contraire, conquérir la reine par les armes, car ce sera bien meilleur pour son image. Si tu le prives de bataille, tu agiras donc sagement. Mais si tu ne m'écoutes pas, tu dois savoir ceci : je lui accorde la protection d'une trêve[1]. Il n'aura rien à craindre de mes hommes. Et s'il veut des armes ou des chevaux, il les obtiendra, car il a démontré un grand courage en franchissant le pont. Et toi, ne compte pas sur moi pour t'aider !

– Je ne suis pas un saint, répondit Méléagant, et je ne pousserai pas la charité jusqu'à jeter dans ses bras celle que j'aime. Si vous voulez faire une trêve avec lui, cela ne me regarde pas. Soyez honnête si cela vous chante, et laissez-moi être cruel.

1. Trêve : période pendant laquelle on s'engage à ne pas commettre d'actes hostiles.

Le roi Bademagu descendit de la tour, fit amener son destrier et partit vers le pont avec une petite escorte. Le Chevalier était en train de panser ses plaies à l'aide de sa chemise. Voyant le roi – qu'il ne connaissait pas – descendre de cheval, il se redressa et cacha ses blessures. Le roi le salua ainsi :

– Sire, je n'ai pas été prévenu de votre arrivée, mais sachez que vous êtes le bienvenu, car vous avez eu le courage de franchir ce pont périlleux. C'est un exploit qui ne sera jamais égalé. Je suis le roi de ce pays et je vous offre ma loyauté. C'est la reine, si je devine bien, que vous recherchez.

– Sire, dit le Chevalier, vous devinez juste. C'est bien pour la reine que je suis ici.

– Ami, vous aurez beaucoup à souffrir avant de la reprendre. Celui qui l'a amenée jusqu'ici n'aura pas la bonté de vous la rendre sans combat. Or je vois que vous êtes blessé et que vos plaies saignent. Il vous faut du repos et des soins. Je vous donnerai les meilleures médecines, car je désire beaucoup votre guérison. La reine est retenue prisonnière dans de bonnes conditions. Personne ne peut la violenter, pas même mon fils qui enrage. Moi, j'ai pour vous beaucoup d'estime et je vous donnerai tout ce qu'il vous faut : des armes, aussi bonnes que celles de mon fils, un cheval. Vous êtes sous ma protection et vous n'aurez donc plus personne à craindre, à part mon fils. J'ai utilisé les menaces pour qu'il vous la rende, j'ai même failli le chasser de mon royaume. Mais ne vous faites pas de souci : s'il ne gagne pas le combat, tant que je serai là, vous n'aurez pas d'ennuis à craindre.

– Seigneur, répondit le Chevalier, je vous remercie. Mais je ne veux pas perdre de temps. Je ne me plains de rien et mes blessures ne me gênent pas. Conduisez-moi à votre fils. Avec les armes que je porte, je suis prêt à échanger des coups.

– Ami, dit le roi, attendez au moins quinze jours que vos plaies se referment. Je ne peux pas vous laisser combattre ainsi. Avez-vous seulement vu comment vous êtes équipé !

– Je n'ai pas besoin de délai, dit le Chevalier. Mais pour vous, je veux bien attendre jusqu'à demain.

Le roi lui dit qu'il respecterait son désir, puis le fit conduire par ses gens à son hébergement, avec ordre de bien le servir. Ensuite il retourna voir son fils :

– Mon fils, trouve un accord avec ce chevalier. Il n'est pas venu ici s'amuser, tirer à l'arc ou chasser, il est venu chercher la gloire et accroître sa renommée. Cela ne serait pas un déshonneur de lui rendre la reine. Personne ne t'en blâmerait. Par contre, c'est un péché de retenir quelqu'un quand on n'a pas de son côté la raison et le droit.

Méléagant répondit à son père :

– Par saint Pierre, je ne suis pas d'accord ! Il recherche les honneurs ? Moi aussi. La gloire? Moi aussi. La bataille ? Moi cent fois plus.

– Folie ! dit le roi.

– J'aimerais me battre dès maintenant plutôt que d'attendre un jour, dit Méléagant. Regardez comme je suis triste, j'en ai le regard trouble et le visage défait. Je ne connaîtrai plus la joie tant que je n'aurai pas combattu.

Le roi Bademagu quitta son fils à regret. Il choisit un cheval vigoureux et obéissant, des armes de qualité et les envoya au Chevalier. Il y avait là un homme âgé et fort bon chrétien qui savait guérir les plaies mieux que tous les médecins de Montpellier[1]. Durant la nuit, il s'occupa du Chevalier, selon les recommandations du roi. Dans tous les environs, chevaliers, jeunes filles, dames et barons avaient appris la nouvelle, si bien qu'ils chevauchèrent toute la nuit pour arriver au lever du soleil. Devant la tour, la place où aurait lieu le combat était noire de monde, à ne plus pouvoir remuer un pied.

Dès son réveil, le roi s'était senti très préoccupé par la bataille. Une fois de plus, il alla trouver son fils, mais celui-ci avait déjà le heaume lacé sur la tête. Le roi ne pouvait plus retarder le combat.

Bademagu fit appeler le Chevalier étranger. On l'amena sur la place remplie de gens de Logres retenus

1. Tous les médecins de Montpellier : cette ville est réputée dès le Moyen Âge pour l'enseignement de la médecine.

contre leur gré sur cette terre de Gorre. Les jeunes étrangères du royaume d'Arthur avaient jeûné pendant trois jours, elles avaient marché pieds nus, en chemise, pour que Dieu donne force et courage au Chevalier dans ce combat dont l'enjeu était la libération des captifs. Les gens de Gorre, de leur côté, priaient pour Méléagant.

Les deux combattants étaient maintenant en place, avec armes et armures, sur deux chevaux couverts de fer. Méléagant avait fière allure dans son haubert bien ajusté, aux mailles fines, le heaume bien lacé sur la tête, l'écu pendu au cou. Tout cela lui allait parfaitement.

Mais tous préféraient l'autre chevalier, même ceux qui voulaient sa défaite. À leurs yeux, Méléagant n'était pas de taille à lui résister.

Le roi s'approcha d'eux et tenta encore une fois de raisonner son fils. En vain. Il leur dit :

– Retenez au moins vos chevaux le temps que je monte sur la tour ! Ou bien est-ce trop vous demander ?

Il les quitta tout accablé et rejoignit la reine. Celle-ci lui avait demandé de pouvoir assister au combat en toute tranquillité. Il l'installa à une fenêtre de la tour et se posta à une autre.

Sans plus tarder, les deux chevaliers font reculer la foule, et mettent en place leurs écus. Brutalement, ils se lancent à l'attaque ; leurs lances s'enfoncent profondément dans l'écu de l'adversaire et éclatent en mille morceaux. Les chevaux se sont violemment heurtés de la tête et du poitrail. Ce fracas des chevaux, le heurt des écus et des heaumes font croire à un grand coup de tonnerre. Toutes les pièces du harnais sont touchées. Les étriers, les arçons de la selle sont arrachés. Rien d'étonnant, dans ces conditions, à ce qu'ils se retrouvent par terre. Les voilà sur pied, ils s'affrontent à nouveau, mais sauvagement tels deux sangliers. Ils se haïssent, ils se frappent à grands coups avec leurs épées d'acier. Ils atteignent le heaume et le haubert, le sang coule. Les coups sont lourds et rusés, ils font mal. Il est impossible de savoir qui gagne et qui perd.

Mais les blessures aux mains de celui qui avait franchi le Pont de l'Épée commençaient à se rouvrir. Ses coups faiblissaient, et les gens s'en désespéraient. Il leur semblait bien que Méléagant prenait le dessus, et la nouvelle s'en répandit. Heureusement, une jeune fille très vive d'esprit se tenait aux fenêtres de la tour. Elle se dit que si le Chevalier était venu combattre jusqu'ici, ce n'était pas assurément pour elle ni pour les humbles gens rassemblés sur la place. Non, il était venu pour la reine. Alors, vite, elle se dit que s'il apprenait qu'elle le regardait, il retrouverait force et audace. Elle s'approcha de la reine :

– Dame, je vous demande pour votre bien et pour le nôtre, de me dire, si vous le connaissez, le nom de ce chevalier. Cela pourrait l'aider.

– Demoiselle, fit la reine, je ne décèle en vous ni haine ni traîtrise. C'est pourquoi je vais vous dire son nom : Lancelot du Lac, voilà comment s'appelle ce chevalier[1].

Alors, la jeune fille bondit de joie et hurla si fort que toute la foule entendit :

– Lancelot ! Retourne-toi et regarde qui s'inquiète de toi !

Quand Lancelot entendit son nom, il se tourna aussitôt vers la tour et aperçut celle que son cœur aimait

1. Chrétien aura attendu la moitié du roman environ pour révéler enfin le nom du Chevalier à la charrette.

le plus au monde. Le regard fixé sur elle, il en oublia de surveiller son adversaire, si bien qu'il se retrouva en train de combattre de dos. Méléagant profita aussitôt de son avantage, tout heureux de voir Lancelot incapable de se défendre efficacement. Ce fut la joie pour les gens de Gorre, la tristesse pour ceux de Logres, effondrés. Alors la jeune fille cria depuis la fenêtre :

– Lancelot, comment peux-tu être aussi stupide ! Arrête donc de tourner le dos à ton adversaire !

Lancelot a honte d'avoir le dessous à cause de sa bêtise. Il recule d'un bond, se retourne et contraint Méléagant à se tenir entre la tour et lui. Celui-ci cherche à se dégager, mais Lancelot le bouscule de toute sa puissance avec son écu : Méléagant chancelle deux fois et plus. Force et Hardiesse augmentent en lui à cause d'Amour et de Haine. Amour lui vient en aide, et aussi Haine qu'il n'a jamais tant ressentie au combat. Amour et Haine mortelle lui donnent un cœur farouche. Ses coups chassent l'adversaire vers la tour où se tient la reine. Elle le voit. Maintenant qu'elle lui a mis au cœur la flamme, il mène son adversaire en avant, en arrière, où il veut, sans manquer de s'arrêter devant sa dame, la reine, en guise d'hommage.

Le roi Bademagu voit bien que son fils ne se défend plus. Cela lui fait mal. Que faire sinon se tourner vers la reine et la prier d'intervenir ?

– Dame, dit-il, je sais bien que mon fils s'est très mal comporté envers vous et envers Lancelot, mais dites-lui, je vous en prie, d'arrêter le combat. Sinon mon fils va se faire tuer.

– Beau sire, répond la reine, je n'aime pas votre fils. Mais même si j'avais pour lui une haine mortelle, cela ne changerait rien à l'affaire : vous avez toujours cherché à me faciliter la vie ici. Je veux donc bien, pour vous être agréable, que Lancelot arrête le combat.

Lancelot et Méléagant entendent ces paroles. En chevalier obéissant aux désirs de sa dame, Lancelot arrête aussitôt ses attaques. Il ne frappe plus, il ne bouge plus, quitte à se faire occire, car Méléagant, rendu furieux par ce qu'il vient d'entendre, assène des coups féroces. Aussitôt, son père descend de la tour pour le réprimander :

– Comment ? Il ne te touche pas et tu le frappes ! Ce que tu fais là est sauvage et cruel. Il est trop tard pour montrer ta bravoure. Tout le monde a compris qu'il t'est supérieur au combat.

– Êtes-vous donc aveugle ? rétorque Méléagant. Vous ne voyez pas que je suis le meilleur ?

– Alors, fait le roi, trouve quelqu'un qui te croie !

Le roi dit à ses barons de faire reculer son fils. Il lui dit :

– Par Dieu, tu dois faire la paix maintenant et rendre la reine. Il est temps de mettre le point final à toute cette querelle. Je ne veux pas assister à ta mort, Dieu m'en garde. J'aurais bien trop de peine.

À force de reprendre et de raisonner son fils, le roi finit par établir les termes d'un accord : Méléagant relâche la reine à condition qu'au bout d'un an, quand Méléagant le décidera, Lancelot accepte un nouveau combat.

La bataille aura lieu à la cour du roi Arthur, qui règne sur la Cornouaille et la Bretagne. Si Méléagant sort vainqueur du combat, la reine reviendra avec lui et personne ne pourra la retenir.

La reine et Lancelot ayant accepté ces conditions, l'accord est scellé ; les deux chevaliers se séparent et vont enlever leurs armures.

Autour de Lancelot, ce fut la fête. Car la coutume de Gorre voulait que si quelqu'un réussissait à sortir du royaume, tous les prisonniers seraient libres de rentrer chez eux. On n'en finissait pas de bénir Lancelot. Ce fut la bousculade, car tout le monde voulait absolument le toucher. En revanche, c'était l'abattement chez les partisans de Méléagant qui devait laisser repartir la reine.

Lancelot demanda au roi d'être conduit à la reine et celui-ci accepta volontiers, disant qu'on en profiterait pour voir aussi le sénéchal Keu, celui qui avait si mal protégé sa souveraine. Pour un peu, Lancelot se serait jeté aux pieds du roi tellement sa joie était grande de rencontrer la reine Guenièvre.

Bademagu tenait Lancelot par le doigt quand ils

entrèrent dans la grande salle où elle se trouvait. Elle se leva pour saluer le roi, mais fit semblant d'être fâchée, baissant la tête et ne disant pas un mot.

– Dame, fait le roi, voici Lancelot qui vient vous voir, pour votre plus grand plaisir, je m'en doute.

– Moi ? Sire, cela ne peut me plaire, et de le voir je n'ai que faire.

– Eh ! dame, dit le roi qui était noble et courtois, d'où vous vient cet étrange sentiment ? C'est trop de mépris pour un homme qui a risqué pour vous sa vie, s'est exposé à de graves dangers pour vous reprendre à mon fils.

– Vraiment, sire, il a perdu son temps. Je ne lui en sais aucun gré.

Voilà Lancelot tout bouleversé. Mais il répond fort bellement, comme doit le faire tout *fin amant*[1] :

– Dame, cela me cause beaucoup de peine. Mais je n'ai pas à vous demander des explications.

Elle ne daigne même pas ajouter un seul mot et se retire dans sa chambre. Lancelot la suit avec ses yeux et son cœur. Seul le cœur est entré dans la chambre avec elle, les yeux sont restés au dehors, remplis de larmes.

Le roi lui dit en aparté :

1. *Fin amant* : modèle du parfait amant imposé par la littérature courtoise. Il n'a d'yeux que pour sa dame ou « amie ». Il est prêt à lui obéir dans le moindre de ses désirs et même de ses caprices dont il ne comprend pas la raison.

– Lancelot, je ne comprends pas l'attitude de la reine. Pourquoi ne veut-elle pas vous voir ni vous parler ? Voyez-vous une raison ?

– Je ne m'attendais pas à un tel accueil, répond Lancelot. Je ne comprends pas et cela me perturbe beaucoup.

– Allons voir le sénéchal Keu, dit le roi.

Lorsque le sénéchal aperçut Lancelot, il s'écria :

– Tu m'as jeté dans la honte !

– Et comment cela ?

– Tu as réussi là où j'ai échoué ! Tu as sauvé la reine.

Le roi les quitta. Lancelot demanda au sénéchal s'il avait beaucoup souffert :

– Oui, dit le sénéchal. Et je serais mort à présent si le roi Bademagu ne m'avait témoigné sa douceur et son amitié. Il a toujours veillé à ce que je ne manque de rien. Il a trouvé pour mes blessures les meilleures médecines. Mais son fils ordonnait en secret aux médecins de les remplacer par des pommades empoisonnées. Le roi, bien sûr n'en savait rien. Il s'est aussi montré plein d'attentions envers la reine. Mais dis-moi, à propos : est-il vrai que la reine a refusé en public de t'adresser la parole ?

– C'est la vérité, répondit Lancelot. Mais, grand Dieu, Keu, sauriez-vous me dire pourquoi elle me hait ?

Keu affirma qu'il n'en savait rien. Mais il trouvait cela étrange.

– Alors, déclara Lancelot, que sa volonté soit faite[1]. Mais je dois vous quitter, car je pars à la recherche de mon seigneur Gauvain, qui est entré lui aussi dans le royaume de Gorre. Il a pris le chemin du Pont sous l'Eau.

Lancelot va prendre congé du roi. Tous les gens de Logres qu'il a délivrés lui demandent ce qu'ils ont à faire. Il leur répond que ceux qui le désirent peuvent le suivre, et que les autres pourront tenir compagnie à la reine. Beaucoup décident de le suivre avec enthousiasme. Auprès de la reine demeurent les jeunes filles, les dames et bon nombre de chevaliers. Ils rentreront plus tard au pays, car la reine a décidé d'attendre ici l'arrivée de Gauvain.

1. Que sa volonté soit faite : généralement, on utilise une telle phrase pour parler de la volonté de Dieu. Dame Guenièvre devient ainsi une sorte de déesse et Lancelot se plie complètement à ses commandements et à ses désirs, en chevalier courtois respectueux de sa dame.

Les regrets de la reine

Dans tout le pays, la nouvelle s'est répandue que les prisonniers sont libres de repartir chez eux depuis que Lancelot a délivré la reine. Plus de poste de surveillance, ils peuvent aller et venir comme ils veulent. Mais les gens de Gorre qui n'avaient pas assisté au combat se dirent que le roi serait content s'ils réussissaient à capturer Lancelot. Ce fut chose facile, car il ne portait pas d'armes, pas plus que ses compagnons. Ils le ramenèrent en arrière, les pieds liés sous le ventre de son cheval.

– Vous commettez une grosse faute, objectèrent ses gens. Nous avons la permission du roi.

– Nous ne sommes pas au courant, dirent les autres. Vous devez nous suivre jusqu'à la cour.

La rumeur que Lancelot avait été arrêté et tué arriva très vite à la cour. Aussitôt, le roi jura qu'il ferait pendre, brûler ou noyer ceux qui l'avaient fait mourir. La reine était à table lorsqu'elle eut vent de la rumeur à son tour. Pour un peu, elle se serait tuée en apprenant la fausse nouvelle de la mort de Lancelot, que bien sûr elle croyait vraie. Elle faillit en perdre la parole, mais se reprit pour dire devant tout le monde :

– Je suis accablée par cette tragique disparition, car ce chevalier était venu en ce pays pour moi. Voilà pourquoi sa mort m'afflige.

Tout bas, elle ajouta qu'il n'était plus question de boire et de manger s'il était vrai que celui pour lequel elle vivait avait été tué. Puis elle se leva de table pour exprimer sa peine en privé. Elle avait une folle envie de se tuer et se prenait la gorge.

Mais d'abord elle veut s'expliquer avec elle-même. Qu'est-ce qui lui a pris de recevoir son ami sans lui témoigner sa joie ? Elle s'en veut terriblement, elle est pleine de remords. Elle regrette si fort sa cruauté envers Lancelot que son visage se ternit et que sa beauté s'éteint.

« Je me suis comportée comme une folle, songe-t-elle. Et même plus qu'une folle, une traîtresse cruelle. J'ai fait cela par jeu, mais il m'a prise au sérieux et ne m'a pas pardonnée. Il venait me trouver en espérant me voir éclater de joie, et c'est à peine si je l'ai regardé : c'est bien moi, oui, qui lui ai donné le coup mortel. Je n'ai pas voulu lui parler ; c'est comme si je lui enlevais son cœur et sa vie. Je l'ai tout simplement assassiné. Et maintenant qu'il est mort, il me vient le regret de ne l'avoir jamais tenu dans mes bras. »

La reine mena son deuil pendant deux jours. Elle cessa de boire et de manger, si bien qu'on la crut morte.

Comme il se trouve toujours des bonnes âmes pour colporter les nouvelles, surtout quand elles sont mauvaises, Lancelot fut très vite averti que sa dame amie était morte. Il en fut tellement affligé qu'il décida de se tuer. Il enleva sa ceinture, fit un nœud coulant et la passa à son cou. Et pour mettre de son côté toutes les chances de mourir, il attacha l'autre bout de la ceinture à l'arçon de sa selle. Il se laissa glisser jusqu'à terre pour se faire traîner par son cheval, le nœud coulant autour du cou. Il ne voulait pas vivre une heure de plus.

En le voyant tombé par terre, ses gardes le crurent évanoui. Vite, ils le redressèrent et c'est alors qu'ils découvrirent la ceinture autour du cou. Ils la coupèrent. La gorge était endommagée et Lancelot resta un bon moment sans parler. Les veines de la gorge avaient bien failli se rompre. Après cela, bien sûr, on le surveilla de très près, ce qui rendit Lancelot furieux, car il ne pouvait pas recommencer.

« Me voilà condamné à vivre, songe-t-il, puisque la mort ne veut pas de moi. J'aurais dû me tuer aussitôt, lorsque ma dame m'a montré sa haine. Maintenant, c'est trop tard, et je dois vivre malgré moi. Mais pourquoi m'en a-t-elle voulu ? Il doit bien y avoir une explication. Aurait-elle appris que je suis monté sur la maudite charrette ? Serait-ce pour cela qu'elle m'en a voulu ? Pourtant c'est par amour que j'y suis monté, et lorsqu'Amour commande quelque chose, on ne peut pas faire de reproches à celui qui obéit. Si vraiment elle m'aimait, elle n'aurait pas dû m'en vouloir, mais au contraire m'appeler son ami. Tout ce qu'Amour m'a commandé, je l'ai regardé comme un honneur, même le fait de monter sur la charrette. »

Ainsi Lancelot se lamenta et les gens de Logres à ses côtés souffraient pour lui. Mais voici qu'arriva la nouvelle que la reine n'était pas morte ! Immédiatement Lancelot se réconforta ; il avait fait grand deuil quand il la croyait morte, il laissait maintenant exploser sa joie.

De son côté, le roi Bademagu apprit que Lancelot était en vie et qu'il arrivait vers lui, sain et sauf. Il alla sans tarder annoncer la bonne nouvelle à la reine, qui lui dit :

– Beau sire, je vous crois. S'il était mort, je vous avoue que je n'aurais plus jamais pu être heureuse.

Pendant ce temps, Lancelot arriva chez le roi. Celui-ci l'aperçut et courut l'embrasser au plus vite. Il volait presque, tant sa joie le rendait léger. Mais à ceux qui lui avaient ramené Lancelot prisonnier, il annonça de sévères sanctions ; ils pouvaient dès maintenant se considérer comme morts et réduits à néant. Ils répondirent au roi qu'ils avaient cru lui faire plaisir.

– Il avait un laissez-passer de ma part, gronda le roi. En l'arrêtant, vous faites retomber la honte sur moi. Mais vous n'allez pas rire en sortant d'ici, croyez-moi !

Lancelot entendit la colère du roi. Il fit tout ce qu'il put pour ramener la paix et il y réussit. Alors, le roi l'emmena voir la reine.

Cette fois, elle ne baissa pas les yeux vers le sol, mais elle alla gaiement vers lui pour l'accueillir et lui témoigner son estime, puis elle le fit asseoir à ses côtés. Ils ne manquèrent pas de sujets de conversation, car Amour savait leur en trouver. Voyant que tout allait pour le mieux entre eux, Lancelot lui dit :

– Dame, je me demande bien pourquoi vous m'avez accueilli si froidement avant-hier : vous ne m'avez pas adressé un seul mot. Je suis prêt à réparer mes torts envers vous, si vous m'expliquez ce que j'ai pu faire de mal.

La reine répondit :

– Comment ? Rappelez-vous : n'avez-vous pas eu honte de la charrette ? Quand le nain vous a dit d'y monter, n'avez-vous pas hésité ? Vous y êtes monté de bien mauvaise grâce, vous avez eu le temps de faire deux pas avant de vous décider. Voilà pourquoi j'ai refusé l'autre jour de vous parler.

– Que Dieu me garde de recommencer ! répondit Lancelot. Et vous étiez dans votre droit en m'accueillant comme vous l'avez fait. Je fais aujourd'hui amende honorable. Et s'il vous plaît de me pardonner un jour, dites-le-moi.

– Ami, dit la reine, dès aujourd'hui, je vous pardonne de bonne grâce.

– Dame, je vous remercie, dit Lancelot. Mais je ne puis vous dire ici tout ce que je voudrais. Je vous parlerais encore et encore, si je le pouvais.

Alors d'un simple regard, et sans bouger la main, la reine désigne une fenêtre :

– Venez me parler à cette fenêtre cette nuit, quand tout le monde dormira. Vous arriverez par ce verger. Vous ne pourrez pas entrer et vous installer ; vous resterez à l'extérieur, mais je vous parlerai et vous tiendrai la main. Et pour l'amour de vous, je resterai jusqu'au matin. Nous ne pouvons pas nous retrouver dans ma chambre car Keu y est installé, juste devant moi, sur un lit. Et puis la porte est fermée à clé et surveillée. Je vous attends, mais surtout veillez à ce que personne ne vous voie !

Jamais journée ne parut aussi longue à Lancelot. Il crut bien attendre une année avant de voir la nuit tomber. Quand le ciel s'assombrit, il fit celui qui allait se coucher. Il attendit allongé sur son lit, puis se releva très doucement, heureux de constater qu'il n'y avait pas de lune et pas de lanternes allumées. Pendant que tout le monde le croyait endormi, il se rendit au verger sans être vu, sauta le mur par une brèche et se tint immobile, en se gardant bien de tousser ou d'éternuer. Il aperçut la reine, vêtue d'une simple chemise blanche et d'un court manteau en écarlate[1] doublé de fourrure. Alors il grimpa à la fenêtre équipée de gros barreaux, salua très tendrement la reine qui lui rendit en échange toute sa tendresse. Ils éprouvaient un violent désir l'un pour l'autre.

1. Écarlate : étoffe de grande qualité, aujourd'hui de couleur rouge vif.

En se rapprochant l'un de l'autre, ils purent se tenir par la main. Mais ils maudissaient les barreaux qui les empêchaient d'être vraiment ensemble. Alors Lancelot dit que si cela convenait à la reine, il entrerait facilement dans la chambre : ce n'étaient pas les barreaux qui l'en empêcheraient.

– Ils sont trop solides pour être écartés, dit la reine. Vous n'arriverez à rien.

– Dame, répondit Lancelot, un barreau n'est pas un problème. Donnez-moi seulement la permission de vous rejoindre et je m'occupe du reste.

– Assurément, dit-elle, je le veux bien. Ce n'est pas ma volonté qui vous fera obstacle. Mais attendez que je retourne me coucher dans mon lit. Ce ne serait vraiment pas drôle si le sénéchal Keu se réveillait à cause du bruit. Qu'irait-il s'imaginer en me voyant ici, debout ?

La reine s'éloigne et Lancelot s'attaque aux barreaux. Il les secoue, les tire. Très vite il les fait plier et les arrache du mur. Mais ils sont si tranchants qu'il s'entaille jusqu'aux nerfs la première phalange du petit doigt et se tranche complètement la première jointure du doigt d'à côté. Il est tellement épris de désir qu'il ne se rend pas compte que le sang coule. La fenêtre est assez haute, mais il la franchit en souplesse. Il passe devant le lit du sénéchal endormi et arrive au lit de la reine. Il s'incline, il se met en adoration, car il n'existe pas de corps saint qui attire plus sa foi[1]. Alors la reine lui tend les bras et l'attire dans son lit, en le serrant sur sa poitrine. C'est Amour qui parle maintenant. Elle l'aime et il l'aime mille et mille fois plus encore. La reine accueille ses caresses quand il la tient dans ses bras et elle dans les siens.

Le doux jeu des baisers et des caresses sur la peau nue les transporte au sommet de la joie. Mais je n'en dirai pas plus, car certaines choses ne doivent pas être racontées. De toutes les joies, le récit fait silence sur la plus estimable et la plus délicieuse.

Mais le jour se lève et Lancelot va devoir à grand-peine quitter son amie. La séparation est très douloureuse. Il doit partir, il se dirige vers la fenêtre, mais son cœur est resté auprès de la reine. Avec le cœur est resté aussi quelque chose de son corps : en effet son sang a taché les draps.

Ils ne se sont pas donné de nouveau rendez-vous. Ce n'était pas possible et Lancelot en a les yeux remplis de larmes. Il franchit à regret la fenêtre, il redresse et remet en place les barreaux malgré les blessures de ses doigts. Dans le verger, au moment de s'éloigner, il fait une génuflexion comme devant un autel. Puis il rentre

1. Les corps saints font référence aux reliques, c'est-à-dire aux restes de saints personnages qu'on gardait dans des châsses ou de petits coffrets pour les vénérer. Le mot « adorer » utilisé par Chrétien est plus fort que « vénérer », car on n'adore que Dieu et son fils Jésus-Christ. Un peu plus loin, Chrétien dit que Lancelot fait une génuflexion, c'est-à-dire plie le genou, comme on fait devant l'autel de la messe où l'on adore le corps du Christ.

chez lui, le cœur en berne, sans rencontrer personne. C'est en se recouchant dans son lit qu'il remarque pour la première fois les blessures à ses deux doigts. Mais il s'en moque. On aurait pu lui arracher les deux bras qu'il serait quand même passé par la fenêtre.

Les accusations de Méléagant

La reine s'était endormie doucement au matin, sans même s'apercevoir que ses draps étaient tachés de sang. Mais voici qu'à peine levé et habillé, Méléagant s'en vient avec quelques compagnons jusqu'à la chambre de la reine. Il la trouve réveillée et aperçoit les gouttes de sang frais sur les draps. Il les montre à ses compagnons, puis, flairant le mal, il regarde du côté de Keu : ses draps, à lui aussi, sont tachés de sang, car ses plaies se sont rouvertes dans la nuit. Alors il dit :

– Dame, j'ai trouvé cette fois les indices que je cherchais. C'est une belle sottise de se fatiguer à monter la garde autour d'une femme ! Mon père a fait surveiller votre chambre à cause de moi ! Effectivement, il vous a bien gardée de moi ! Mais pendant ce temps, Keu vous a regardée de très près, et ce sera vite prouvé !

– Et comment ? demande la reine.

– Le sang, ma dame, en témoigne. Je retrouve sur vos draps le sang qui a coulé de ses blessures. C'est une preuve.

La reine découvrit le sang sur son lit et sur celui du sénéchal. Elle devint rouge de honte.

– Que le seigneur Dieu me garde ! dit-elle. Ce sang sur mes draps n'est pas venu de Keu. Cette nuit, tout simplement, j'ai eu un saignement de nez.

Elle ne ment pas, elle croit vraiment qu'elle a saigné du nez.

– Par ma tête, fait Méléagant, inutile d'inventer des histoires, vous êtes bien prise. La vérité va éclater.

Il dit aux gardes :

– Seigneurs, restez bien à votre poste et veillez à ce qu'on n'enlève pas les draps. Je vais revenir avec le roi. Il faut qu'il voie la chose et reconnaisse mon droit.

Arrivé chez le roi, il se laisse tomber à ses pieds :

– Sire, vous savez bien les dangers que j'ai dû affronter pour obtenir la reine ; cela a même fait de moi votre ennemi. Je veux donc vous emmener chez elle, pour que vous me rendiez justice et reconnaissiez mon droit. J'en sais assez pour dire qu'elle dort avec Keu toutes les nuits. Cela m'indigne de savoir qu'elle me hait et qu'elle couche avec le sénéchal toutes les nuits !

Le roi refuse de croire son fils. Mais arrivé chez la reine il remarque le sang sur les deux lits :

– Dame, dit-il, voilà une mauvaise affaire, si ce que mon fils prétend est vrai.

– Par Dieu ! dit la reine, on n'a jamais entendu, même en rêve, plus grave mensonge. Keu est un homme courtois, loyal, et je ne suis pas femme à faire commerce de mon corps aux foires.

Méléagant insiste :

– Sire, je vous serais très reconnaissant de faire payer à Keu son outrage de façon que la honte en retombe sur la reine. Le sénéchal Keu a trahi le roi Arthur qui lui avait confié l'être qu'il aime le plus au monde. Je réclame de vous justice.

– Sire, dit Keu, je dirai ceci : mes blessures se sont rouvertes cette nuit, voilà tout. Que Dieu damne mon âme si j'ai jamais couché avec ma dame la reine. Je tiens à défendre son honneur et le mien.

– Vous êtes trop blessé pour vous battre, remarque le roi.

– Avec votre permission, je me battrai quand même et je prouverai que je suis innocent du crime dont il m'accuse.

Pendant ce temps, la reine avait fait secrètement chercher Lancelot. Elle dit devant tout le monde :

– Lancelot, Méléagant veut me couvrir de honte. Il m'accuse devant tous, et tous vont me soupçonner si vous ne l'obligez pas à se dédire. Il prétend que le sénéchal Keu a couché cette nuit avec moi. Il en veut pour preuve les taches de sang.

Lancelot répondit :

– Vous n'avez pas besoin de vous justifier plus longtemps, du moment que je suis là. Je suis prêt à prouver par un combat que le sénéchal Keu n'a jamais eu de mauvaises pensées ni de mauvais gestes envers vous.

Méléagant bondit aussitôt en avant :

– Tout cela me va parfaitement bien, se réjouit-il.

Lancelot s'adressa au roi :

– Sire, si je connais bien les lois, les combattants doivent prêter serment quand il s'agit de soupçons aussi graves.

– Qu'on apporte vite les reliques des saints, dit Méléagant.

On leur apporta leurs chevaux et leurs armes, puis on fit venir les reliques d'un saint. Tous les deux s'agenouillèrent devant elles pour prêter serment. Méléagant leva le bras :

– J'affirme devant Dieu et le saint dont voici les reliques que le sénéchal Keu a dormi cette nuit avec la reine.

– Et moi, je t'accuse de parjure, fit Lancelot, et je fais serment à mon tour qu'il ne l'a pas approchée. Que Dieu, par ce combat, fasse apparaître la vérité. Et j'ajoute ceci : si aujourd'hui, avec la seule aide de Dieu et des reliques du saint, j'ai le dessus sur Méléagant, je ne lui ferai plus grâce.

Le roi, bien sûr, ne se réjouit pas d'entendre ce serment.

Ils se relèvent, montent sur leur cheval et s'élancent l'un contre l'autre. Le choc les envoie à terre tous les deux, un tronçon de lance à la main. Mais ils sont loin d'être morts car ils se relèvent et s'assènent d'énormes coups du tranchant de l'épée. Les étincelles jaillissent des heaumes. Le combat à l'épée est si violent que le roi s'alarme. Il fait appeler la reine qui est à une fenêtre. Par le Dieu qui créa le monde, il lui demande d'ordonner qu'on sépare les deux hommes.

– Tout ce qui vous plaît, fait la reine, me convient.

Lancelot a entendu la conversation. Il retient immédiatement ses coups tandis que Méléagant redouble les siens, car il ne veut pas entendre parler de cesser le combat. Alors le roi se jette entre les deux hommes. Méléagant lui crie qu'il n'est pas question de faire la paix.

– Tais-toi, répond le roi. Fais ce que je dis et tu seras sage. Rappelle-toi que tu as prévu de combattre à la cour du roi Arthur. N'est-ce pas un endroit plus prestigieux pour te mettre en valeur ?

L'argument porte et Méléagant finit par cesser les hostilités. Lancelot, quant à lui, est pressé de partir trouver Gauvain. Il demanda donc congé au roi et à la reine et part sans plus attendre dans la direction du Pont sous l'Eau. Beaucoup de chevaliers le suivent, mais certains lui auraient fait plus plaisir en restant à la cour.

Lancelot disparaît

Ils chevauchent et remplissent si bien leurs journées qu'ils arrivent à une lieue[1] du Pont sous l'Eau. Un nain vient à leur rencontre, monté sur un grand cheval de chasse qu'il tient sous la menace d'un fouet. Il a visiblement reçu des instructions :

– Lequel de vous est Lancelot ? demande-t-il. Surtout, ne me cachez rien car je suis de votre côté.

Lancelot se fait connaître.

– Ah ! Lancelot, fier chevalier. Laisse ici tes gens et fais-moi confiance. Allons ensemble, rien que toi et moi, je veux te conduire en un très bon endroit. Que les autres restent ici, ce ne sera pas long.

Lancelot ne se méfie pas, il laisse là son escorte, et c'est ainsi que le nain le trahit.

Ses gens peuvent attendre longtemps, ceux qui l'ont pris ne le rendront pas. C'est le désespoir dans son camp. Personne ne sait quoi faire. Finalement, ils

1. Une lieue : environ quatre kilomètres.

décident de continuer jusqu'au Pont sous l'Eau et de se mettre à la recherche du Chevalier, avec le conseil de monseigneur Gauvain, si jamais on le trouve.

Ils le trouvent en effet, mais Gauvain est en mauvaise posture. Il est tombé dans l'eau profonde. Il fait surface puis il coule, il apparaît, il disparaît. Ils s'approchent et parviennent à le repêcher à l'aide de branches, de perches et de crocs. Il n'a plus sur le dos que son haubert, son heaume et aussi des chausses de fer toutes rouillées par la sueur des rudes épreuves qu'il a affrontées dans sa vie. Lance, écu et cheval sont restés sur l'autre rive. Il a bu tant d'eau qu'on se demande comment il est encore en vie. Finalement, ses poumons se libèrent et il retrouve la voix. Aussitôt, il demande des nouvelles de la reine ; on lui répond qu'elle est en sécurité auprès du roi Bademagu.

– Quelqu'un est-il venu la chercher en terre de Gorre ? demande messire Gauvain.

– Oui, Lancelot lu Lac. Il a franchi le Pont de l'Épée, et il l'a délivrée. Mais un nain grimaçant et bossu nous a trahis et l'a enlevé. Nous ne savons pas ce qu'il en a fait.

Arrivés à la cour, ils apprennent la nouvelle au roi et à la reine, ainsi qu'à Keu (l'autre, le traître Méléagant, la sait déjà). La reine accuse le coup. La voilà partagée entre joie et tristesse. Elle se doit de faire bon accueil à monseigneur Gauvain, mais elle a du mal à cacher sa tristesse.

Le roi envoya alors des messagers par tout son royaume, des hommes d'armes connus pour leur expérience. Mais leur enquête ne conduisant à rien, ils revinrent à la cour. Alors Gauvain, Keu et les autres chevaliers décidèrent de s'armer pour partir à leur tour à la recherche de Lancelot. Ils voulaient s'occuper eux-mêmes de cette affaire.

Ils venaient de manger et se préparaient à partir quand un valet entra dans la salle. Il était porteur d'une lettre qu'il remit au roi. Celui-ci la fit lire à voix haute par un lecteur capable de déchiffrer clairement ce qui était écrit sur le parchemin. La lettre disait : « Lancelot salue le roi, son bon seigneur, et le remercie pour les services qu'il lui a rendus. À présent – que cela soit bien clair –, il se trouve auprès du roi Arthur, plein de santé et de vitalité. Celui-ci demande à la reine qu'elle revienne, si elle le veut, avec messires Keu et Gauvain. » La lettre portait toutes les marques nécessaires à son authentification ; c'est pourquoi tous la crurent authentique.

Ce fut une grande joie à la cour. On décida de partir dès le lendemain matin. À l'aube, ils étaient à cheval pour prendre la route. Le roi les accompagna dans la joie une bonne partie du chemin. Ils arrivèrent ainsi aux limites de son royaume. Là, il prit congé. La reine trouva les mots justes pour le remercier de tous les services rendus. Passant ses deux bras autour de son cou, elle lui offrit à son tour ses services, en son nom et en celui du roi Arthur. Puis elle et toute sa troupe reprirent le voyage sans s'arrêter un seul jour durant toute la semaine.

La nouvelle parvint à la cour que la reine approchait. Le roi Arthur en eut grande allégresse, d'autant que Gauvain, son neveu, était avec elle. C'était sûrement lui qui avait réussi l'exploit de libérer la reine et tous les prisonniers.

Beaucoup quittèrent la ville pour se porter à leur rencontre. Et chacun, chevalier comme vilain, dit :

– Bienvenue à messire Gauvain qui a ramené la reine et libéré toutes ces dames et tous ces captifs.

Mais Gauvain répondit :

– Seigneurs, ne vous fatiguez pas. Vos félicitations me font plutôt honte, car je ne suis arrivé ni à temps ni à l'heure. J'ai tout manqué à cause de mon retard. C'est Lancelot qu'il faut féliciter. Tout l'honneur lui revient, c'est un très grand chevalier.

– Où est-il donc, beau seigneur ? s'étonnèrent les gens. Pourquoi n'est-il pas avec vous ?

– Comment ça ? s'étonna Gauvain à son tour. Mais à la cour du roi Arthur ! Ne me dites pas que vous l'ignorez !

– Non, monseigneur, il n'est pas ici. Depuis l'enlèvement de la reine, plus de nouvelles de lui !

Messire Gauvain comprit alors que la lettre était fausse. Quelqu'un les avait trompés. L'arrivée à la cour eut lieu dans la plus grande tristesse. Le roi Arthur se fit expliquer toute l'aventure depuis le début ; les gens lui racontèrent comment Lancelot avait libéré la reine et les captifs, comment ensuite un nain les avait trahis. Cette histoire le chagrina beaucoup. Mais la joie de revoir la reine chassa de son cœur toute tristesse. Il avait ce qu'il désirait le plus au monde, il se souciait peu du reste.

Le tournoi

Pendant que la reine avait été retenue en terre de Gorre, les dames et les demoiselles sans mari avaient tenu conseil[1]. Elles voulaient se marier sans tarder et dans ce but, décidèrent donc d'organiser un grand tournoi. Deux camps s'opposeraient : celui de la dame de Pomelegoi et celui de la dame de Noauz. On oublierait vite les mauvais jouteurs ; les meilleurs, au contraire, se verraient proposer l'amour. Le tournoi serait annoncé largement, dans les régions voisines et jusque dans les terres éloignées. Et la date fut fixée de façon que tout le monde puisse venir, même de très loin. Le tournoi n'avait donc pas encore eu lieu quand la reine, délivrée par Lancelot, revint à la cour du roi Arthur.

Les demoiselles demandèrent au roi la permission

1. Le nombre de chevaliers retenus prisonniers au royaume de Gorre rendait sans doute plus difficiles les mariages.

d'inviter la reine. Il la leur accorda volontiers. Ensuite, elles allèrent voir la reine qui accepta d'y venir. Les jeunes filles firent alors savoir que la reine en personne serait présente au grand tournoi. La nouvelle s'en répandit très loin, jusque dans le royaume de Gorre. Elle parvint ainsi jusqu'à l'endroit où Lancelot était retenu prisonnier. Méléagant – que le traître aille brûler en enfer ! – avait emprisonné Lancelot dans la maison d'un sénéchal. C'est là que le prisonnier apprit la date et l'heure du tournoi, et son cœur, à partir de ce jour, ne connut plus la joie. Les larmes coulaient sur son visage.

Voyant Lancelot dans un tel état, incapable de manger, de boire, de rire ou de jouer, la femme du sénéchal lui demanda en secret ce qui le tourmentait. Lancelot lui répondit :

– Ah ! dame, par Dieu, ne vous étonnez pas si je suis triste. Je ne pourrai pas, en effet me trouver à l'endroit où seront les meilleurs de la terre : ces joutes où tout le monde, si je comprends bien, se pressera. Et pourtant, si Dieu avait mis en vous assez de noblesse pour que vous me laissiez y aller, je vous garantis que je reviendrais ici, en toute loyauté, pour retrouver ma prison.

– Je vous laisserais partir volontiers, répondit la femme du sénéchal, mais j'ai trop peur de le payer de ma vie. Ce pervers de Méléagant me fait peur. Il serait capable de tuer également mon mari. Il est impitoyable.

– Ma dame, si vous me laissez aller au tournoi, je m'engage, par serment inviolable, à revenir. Rien ne pourra m'empêcher de respecter ce serment.

– Alors, je vous donne ma permission. Mais à une condition.

– Et laquelle ?

– Vous vous engagez à revenir après le tournoi, mais je veux aussi que vous m'assuriez que j'aurai votre amour.

– Dame, tout l'amour dont je dispose, je vous le donne à mon retour.

La dame se mit à rire :

– Autant dire que je n'aurai rien. À une autre en effet, d'après ce que je sais, vous avez confié l'amour que je vous ai demandé. Tant pis, je m'en tiendrai à ce qu'il me sera possible d'avoir, et j'accepte votre serment de revenir ici prisonnier.

Lancelot fit le serment, sur la sainte Église, de revenir sans faute. La dame lui donna l'armure de son mari, de couleur vermeille[1] ainsi qu'un superbe et fier cheval. Voilà Lancelot parti, dans son armure resplendissante. Après une longue chevauchée, il parvint à Noauz et prit un hébergement en dehors de la ville. Le logement qu'on lui donna, petit et bas, ne convenait pas à un homme de sa qualité. Mais il ne voulait pas être reconnu.

1. Couleur vermeille : rouge.

Le château était rempli de chevaliers prestigieux. Il y en avait encore plus à l'extérieur, venus surtout pour la reine. Sur cinq lieues à la ronde, il fallut monter des tentes, petites et grandes, ainsi que des abris en feuillages.

Lancelot avait posé son écu à l'extérieur, près de la porte. Il avait quitté son armure et se reposait sur un lit trop étroit, avec un matelas trop mince, une mauvaise couverture et un grossier drap de chanvre. Un garçon en chemise, pieds nus et à moitié vêtu malgré le vent, vint à passer par là. C'était un héraut[1] d'armes, assez mauvais garçon, qui avait laissé en gage à l'auberge sa cotte et ses chausses. Apercevant l'écu près de la porte, il s'arrêta pour l'identifier, mais ne réussit pas à le reconnaître[2]. Comme la maison était ouverte, il entra et tomba sur Lancelot, allongé sur son lit. Il le reconnut aussitôt et fit le signe de croix. Lancelot lui interdit de colporter à l'extérieur ce qu'il venait de voir. Si jamais il prononçait son nom, ce qui lui arriverait serait pire que s'arracher soi-même les yeux ou se casser le cou.

– Messire, dit le héraut, j'ai toujours eu beaucoup d'admiration pour vous et je ne ferai jamais rien qui puisse vous contrarier.

Il sortit et se mit à crier :

1. Héraut : homme chargé de faire les annonces publiques. **2.** Un écu porte les signes distinctifs qui permettent d'identifier le propriétaire.

– Il est venu, celui qui gagnera.

Les gens arrivèrent de partout et lui demandèrent de qui il parlait. Mais il se contentait seulement de crier : « Il est venu, celui qui gagnera. » Tout le monde se souvint de ce cri.

Sur les lieux du tournoi, on avait monté de grandes et très belles tribunes pour la reine, les dames et les jeunes filles. Au jour fixé, toutes les dames s'y rendirent derrière la reine pour assister aux joutes et repérer les bons et les mauvais combattants.

Les chevaliers arrivent ; en voici dix et dix, vingt et vingt, là encore quatre-vingts, quatre-vingt-dix, et là-bas cent, et toujours plus. Devant les tribunes, c'est une forêt de lances, de bannières et de gonfanons[1]. Armés ou sans armures, ils sont prêts. Les jouteurs commencent à jouter, et les autres – ceux qui n'ont pas d'armures – se préparent pour d'autres exploits. Les chevaliers sont en grand nombre dans les prairies, les labours et les terres non cultivées. Il y en a trop pour qu'on les compte. Mais Lancelot n'est pas là. Il arrive un peu plus tard et s'avance au milieu des prés. Alors, le héraut qui l'avait reconnu se mit à crier :

– Voyez celui qui va gagner ! Voyez celui qui va gagner !

– Qui est-ce ? lui demande-t-on.

Mais il ne veut rien dire.

1. Gonfanon : bannière qui sert de ralliement.

Lancelot entre dans la joute ; on comprend aussitôt qu'il vaut bien à lui seul vingt combattants ; tous les regards sont sur lui.

Dans le camp adverse, celui de Pomelegoi, il y avait un vaillant chevalier, monté sur un cheval capable de sauter et courir mieux qu'un cerf sur la lande. Il était fils du roi d'Irlande, et combattait de belle manière. Pourtant, les gens admiraient quatre fois plus le Chevalier qu'ils ne connaissaient pas. Tous demandaient : « Mais qui est donc celui qui combat si bien ? »

La reine appela discrètement une jeune fille et lui dit :

– Mademoiselle, j'ai pour vous un message à porter : faites vite. Allez trouver ce chevalier là-bas, qui porte un écu vermeil, et transmettez-lui l'ordre suivant : « Au pire. »

Vite, la jeune fille descendit des tribunes et alla trouver le Chevalier pour lui dire sans que personne n'entende :

– Seigneur, ma dame la reine me dit de vous transmettre l'ordre suivant : « Au pire. »

Le Chevalier à l'écu vermeil répondit aussitôt qu'il agirait selon l'ordre de la reine, car il lui appartenait entièrement. Il se précipita au grand galop vers un chevalier pour le frapper avec sa lance, mais il manqua son coup. L'autre ne le manqua pas et Lancelot prit la fuite. Et toute la journée fut ainsi : il combattit au pire, évitant de tourner le cou de sa monture vers un autre chevalier. Pour plaire à sa dame, il ne fit plus rien que ce qui tournait à son déshonneur ; il faisait semblant d'avoir peur de tout le monde. Après l'avoir très admiré, les chevaliers lui réservèrent leurs moqueries. Quant au garçon qui avait prédit « voici celui qui les vaincra tous un à un », il ne savait plus où se cacher pour ne plus entendre les insultes.

Mais la reine était très heureuse. Elle était seule à savoir qui se cachait dans cette armure couleur vermeille : Lancelot. Lancelot qui, toute la journée, s'était fait passer pour un mauvais chevalier.

Le combat s'arrêta au soir. Avant de se quitter, les chevaliers discutèrent longuement pour savoir qui avait été le meilleur. Le fils du roi d'Irlande pensait que c'était lui. Mais il se trompait, car beaucoup le valaient. Même le Chevalier à l'écu vermeil avait plu aux dames et aux jeunes filles, car elles avaient bien vu qu'il s'était comporté en hardi chevalier avant de fuir par peur. N'importe qui alors aurait pu l'abattre et même le faire prisonnier. Tout le monde fut d'accord pour continuer le tournoi le lendemain, ce qui permettrait aux jeunes filles de bien choisir leur époux.

Le jour suivant, le tournoi reprit. La reine et ses dames reprirent place sur les tribunes, et avec elles des chevaliers qui se mirent à lui expliquer les armes des plus valeureux chevaliers :

– Vous voyez le chevalier avec son écu rouge traversé d'une bande d'or : c'est Governal de Roberdic.

Et derrière, celui qui a peint face à face un dragon et un aigle : c'est le fils du roi d'Aragon qui est venu ici, au pays, pour conquérir la gloire.

Mais le Chevalier à l'écu vermeil demeurait invisible. Sans doute s'était-il retiré du tournoi, pensait-on. Ne l'apercevant pas, la reine appela la jeune fille de la veille afin qu'elle trouve le Chevalier et lui ordonne de combattre « au pire ». La jeune fille monta sur son palefroi et parcourut les rangs des chevaliers jusqu'à ce qu'elle le trouve. Elle s'approcha discrètement. S'il voulait garder l'amour et la bienveillance de la reine, il devait combattre « au pire ». Il répondit « c'est parfait » et recommença comme la veille à se battre « au pire ». Valets, sergents et écuyers se mirent à le huer :

– Le voilà revenu ! Ah vraiment, ce chevalier aux armes vermeilles, quelle merveille !

La reine en éprouva une grande joie, car elle savait maintenant que ce chevalier était celui à qui elle appartenait tout entière comme il lui appartenait tout entier. Alors elle commanda à la jeune fille de repartir aussitôt lui demander de combattre « au mieux ». La demoiselle sauta sur son palefroi et rejoignit le Chevalier :

– Maintenant ma dame vous demande, seigneur, de vous battre du mieux que vous pourrez.

Il répondit :

– Vous lui direz que rien ne me coûte du moment que cela lui convient. Tout ce qui lui plaît m'est agréable.

Désormais, Lancelot peut montrer toute sa bravoure. Il prend son écu par les courroies, redresse la tête de son cheval, et s'engage entre deux rangées de chevaliers. Finies les moqueries et les huées ! Le fils du roi d'Irlande ajuste son écu, prend un furieux élan et fonce à sa rencontre. C'est le choc. Le fils du roi d'Irlande n'en redemande plus : sa lance a éclaté en mille morceaux, car Lancelot n'a pas frappé sur de la mousse, mais sur du bois très dur. Et Lancelot lui enseigne un tour à sa façon : l'écu bien ajusté contre son bras, il pousse sur le côté pour faire tomber par terre le chevalier.

Aussitôt, dans les deux camps, les chevaliers éperonnent leurs chevaux les uns pour secourir le fils du roi d'Irlande, les autres pour le coincer. Mais de toute la journée Gauvain, le neveu du roi, ne jugea bon d'utiliser ses armes ; il prenait un plaisir fou à regarder les prouesses du Chevalier à l'écu vermeil, qui dépassaient mille fois celles des autres. Quant au jeune héraut qu'on avait raillé, il retrouva toute son assurance pour crier : « Il est venu, celui qui va gagner. Aujourd'hui, regardez ce qu'il va faire ! »

Dans l'assistance, on s'émerveille de sa façon de manier la lance et l'épée. Et même les chevaliers qui participent à la joute prennent du plaisir à le voir déséquilibrer tout ensemble chevaux et cavaliers. Très peu réussissent à rester en selle. Il gagne ainsi un grand nombre de chevaux et les distribue à la ronde. Ceux qui s'étaient moqués de lui commencent à le regretter.

Les demoiselles sont admiratives. Pour un peu, elles accuseraient le Chevalier de les priver de mariage, car, disent-elles, nous ne pouvons plus compter sur notre beauté, nos richesses, notre pouvoir ou notre naissance pour nous faire épouser ; il est tellement supérieur à tout cela. Elles sont même prêtes à faire le vœu de ne pas se marier dans l'année si elles ne l'obtiennent pas. C'est lui ou personne d'autre !

Entendant tout cela, la reine sourit et se moque gentiment. Elle sait bien que, même en mettant à ses pieds tout l'or de l'Arabie, la plus belle d'entre elles n'arriverait pas à se faire épouser par celui qui les attire tant.

À la fin du tournoi, les deux camps tombèrent d'accord pour déclarer vainqueur le Chevalier à l'écu vermeil. Mais il était déjà parti : il avait laissé tomber son écu au milieu de la foule, ainsi que sa lance et la couverture du cheval. Il avait disparu et personne ne s'en était rendu compte. Les demoiselles, catastrophées, déclarèrent qu'elles ne se marieraient pas dans l'année : puisque le Chevalier n'était plus là, tous les autres étaient dispensés de les demander en mariage. Ainsi se termina donc le tournoi, et personne ne se maria.

Quant à Lancelot, il avait regagné le plus vite possible sa prison.

Le prisonnier de la tour

Le sénéchal rentra chez lui deux ou trois jours avant Lancelot. Il demanda à sa femme où se trouvait le prisonnier. À cause de l'armure et du cheval qu'elle avait prêtés, elle dut avouer la vérité : il était parti au tournoi de Noauz.

Le sénéchal dit à sa femme :

– Vous ne pouviez pas faire pire, vraiment. Lorsque messire Méléagant va apprendre la chose, il me tuera. C'est un homme sans pitié !

– Ne vous effrayez pas, beau seigneur, répondit la femme. Il m'a juré sur les saintes reliques qu'il reviendrait dès que possible.

Mais le sénéchal préféra aller au plus vite informer Méléagant de ce qui était arrivé.

– Lancelot va revenir, c'est vrai, dit Méléagant. Mais ce qu'a fait votre femme est bien fâcheux, car je n'aurais pas voulu qu'il aille à ce tournoi. Retournez vite chez vous et prévenez-moi dès qu'il sera rentré.

Lancelot avait respecté son serment. Il était revenu se constituer prisonnier comme put le constater le sénéchal à son retour. Vite, il envoya prévenir Méléagant. Celui-ci rassembla des maçons et des charpentiers et leur commanda une tour. Ils ne devaient pas s'arrêter tant qu'elle ne serait pas achevée. Tout fut fait selon ses ordres.

Sur la côte du royaume de Gorre, il y a un large bras de mer, et au milieu du bras une île. C'est là qu'on transporta la pierre extraite du bord de mer et le bois de charpente. La tour fut achevée en moins de cinquante-sept jours. Elle était haute, ses murs étaient épais et ses fondations très solides. Méléagant profita de la nuit pour transférer Lancelot. Il le fit enfermer dans la tour et commanda aux maçons de murer toutes les ouvertures, en laissant juste une petite fenêtre. Et les maçons durent faire serment de ne révéler l'existence de la tour à personne. Dès lors, Lancelot eut une existence de reclus. À travers l'étroite fenêtre, on lui servait une maigre nourriture[1].

Ses volontés étant ainsi satisfaites, le perfide Méléagant se rendit à la cour du roi Arthur. Il commença ainsi son discours plein d'arrogance :

– Roi, devant toi et toute ta maison, je me suis engagé publiquement à livrer un combat contre Lan-

1. C'est à peu près ici que Chrétien de Troyes a arrêté son récit et que Godefroi de Lagny l'a continué.

celot. Mais je ne vois pas trace de lui ici. La règle veut que je lance quand même le défi devant toute l'assistance. À partir d'aujourd'hui, il a un délai d'un an pour se présenter. Sachez en outre que, pour ce combat, je ne ferai appel à personne d'autre ; c'est moi et moi seul qui l'affronterai.

La reine souffla à l'oreille du roi qui était cet arrogant chevalier : Méléagant, celui-là même qui l'avait enlevée.

– Je sais, dit le roi. C'est lui qui retenait mon peuple en exil.

Il s'adressa au chevalier :

– Ami, dit-il, Dieu m'est témoin que nous n'avons aucune nouvelle de Lancelot, et cela nous fait de la peine.

– Sire, répliqua le chevalier, les conditions du combat sont claires : ici, à votre cour, dans un délai d'un an.

Ces propos échauffèrent les oreilles de Gauvain :

– Sire, dit-il au roi, nous allons faire rechercher Lancelot partout et nous le retrouverons s'il n'est pas mort ou emprisonné. Mais si jamais il ne revenait pas à temps, accordez-moi cette bataille. Je la ferai pour lui.

– Par Dieu, répondit Méléagant, accordez donc cette bataille à Gauvain, sire. Il n'existe au monde que deux chevaliers contre lesquels je veux combattre : Lancelot et Gauvain. Ce sera l'un ou l'autre, et personne ne les remplacera.

Le roi Arthur donna son accord à Gauvain. Il combattrait Méléagant si Lancelot faisait défaut.

Méléagant retourna sans tarder au pays de Gorre pour rejoindre son père Bademagu, dans sa cité de Bade. À l'occasion de son anniversaire, il y donnait une fête fort joyeuse ; beaucoup de gens, chevaliers, jeunes filles avaient répondu à son invitation. Il y en avait une parmi elles dont je reparlerai (c'était la sœur de Méléagant). Mais laissons se dérouler le récit en bon ordre.

Donc, Méléagant, très sûr de lui, se vanta devant l'assistance d'avoir mis Lancelot en fuite et d'affronter bientôt Gauvain, le meilleur chevalier d'Arthur.

– Fils, répondit le roi Bademagu, tu te fais passer pour un imbécile devant toute la cour. Un cœur noble choisit toujours l'humilité, et non pas ce délire furieux qui te pousse à faire ton propre éloge. Qui oserait prétendre que Lancelot, le chevalier que tout le monde loue pour sa noblesse, s'est enfui parce que tu lui fais peur ? Il est peut-être à cette heure enterré ou emprisonné, ce que je regretterais amèrement. Ce serait une grande perte si ce chevalier exceptionnel devait disparaître avant l'heure.

C'est ici précisément qu'intervient la jeune fille dont j'ai parlé tout à l'heure. Entendant le roi parler, elle se dit que si Lancelot n'était pas réapparu à la cour, c'était tout simplement parce qu'il était retenu quelque part en secret. Elle jura qu'elle ne prendrait aucun repas avant d'obtenir des informations sûres et certaines.

Discrètement, sur une mule douce à monter, elle quitta la cour afin de commencer ses recherches.

Elle ne sait pas, à vrai dire, où aller. Alors elle prend le premier chemin qu'elle trouve, et part à l'aventure, seule, au rythme soutenu de sa mule. Pendant plus d'un mois, elle emprunte mille chemins, cherche par monts et par vaux, montant, descendant, sans aucun résultat.

Elle commence à sérieusement désespérer lorsqu'un jour, en traversant un champ, elle aperçoit un bras de mer, et sur le rivage, une tour solitaire[1]. Aucune maison, aucun abri dans les environs. La jeune fille s'approche de la tour et l'examine attentivement. C'est une construction haute et large. Pas de portes, pas de fenêtres excepté un fenestron de très petite dimension. Et surtout pas d'échelle ni d'escalier alors que la tour est très haute. Cela lui suggère l'idée qu'on a construit cette tour pour y enfermer quelqu'un à vie. Elle veut en avoir le cœur net et décide de ne rien se mettre sous la dent avant de savoir ce qu'il en est exactement.

Elle s'apprêtait à crier le nom de Lancelot quand elle crut entendre une voix. Elle tendit l'oreille, c'était bien une voix. Quelqu'un chantait une complainte, une complainte qui parlait de souffrance et de mort. Ce quelqu'un n'avait plus qu'indifférence pour sa vie, pour son corps. D'une voix cassée, fatiguée, il chantait :

1. Godefroi de Lagny, qui continue le récit de Chrétien, n'a pas pris garde que Chrétien situait la tour sur une île.

« La roue, la roue de la fortune a tourné. J'étais en haut, je suis en bas. J'étais heureux, je suis malheureux. Je souriais et je pleure. La roue tourne et tourne et se moque de moi. Ce qui m'arrive, que lui importe ? Gauvain, Gauvain, toi que je croyais mon ami, où es-tu au moment où j'ai besoin de toi ? Voici plus d'un an que je suis reclus dans cette prison. Hardi chevalier, ta conduite manque pour le moins de courtoisie. Si toi, chevalier valeureux, tu avais été retenu prisonnier, j'aurais remué ciel et terre pour te trouver. Je t'aurais cherché six, sept, dix ans s'il l'avait fallu. Le vilain a raison de dire qu'il est bien difficile de trouver un véritable ami. Ou bien se pourrait-il que tu ne saches pas que je suis enfermé ? Alors je t'ai jugé à tort. Il se peut que tu me recherches. Excuse-moi, l'ami ! Et que Dieu maudisse ce Méléagant de malheur ! »

Alors, la jeune fille l'appela doucement :

– Lancelot, ami, vous qui êtes là-haut, parlez à l'une de vos amies !

Mais sa voix ne portait pas jusqu'à lui. Alors elle appela de plus en plus fort jusqu'à ce que, dans son extrême faiblesse, il finisse par l'entendre. Alors il se dit :

– J'entends une voix, mais je ne vois rien autour de moi. Je ne rêve pas, non, je suis bien éveillé. Ce doit être un fantôme.

Il se leva comme il put du coin où il gisait et s'approcha à petits pas du fenestron. Il regarda partout, en haut, en bas, et finit par apercevoir celle qui l'appelait.

Elle le reconnut aussitôt :

– Lancelot, c'est donc vous ! Dieu soit remercié ! Je suis venue de très loin pour vous chercher. Vous rappelez-vous la jeune personne qui vint vous trouver sur une mule fauve pour vous demander la tête d'un chevalier félon ? Je suis cette jeune fille. C'est pour moi que vous avez tranché la tête de ce chevalier maudit. Je vous ai promis alors de vous rendre service dès que je le pourrais. Et me voilà pour vous sortir d'ici !

– Grand merci, demoiselle, répond le prisonnier. Si vous me sortez d'ici, oui, ce sera une belle récompense pour le service que je vous ai rendu naguère. Et je vous promets, une fois libéré, de me mettre à votre service. Tout ce que vous demanderez, vous l'obtiendrez sans délai.

– Je vais vous faire sortir d'ici aujourd'hui même, dit la jeune fille. Et je vous trouverai un endroit agréable où vous pourrez vous reposer. Rien de ce que je possède ne vous sera refusé si cela vous fait plaisir. Maintenant, je dois trouver un outil pour élargir ce fenestron.

– J'ai ici une corde, dit Lancelot. Les gardiens me l'ont donnée pour que je monte l'eau et le pain d'orge qui me sert de nourriture et m'embrouille l'estomac.

Alors la fille de Bademagu[1] se procure un pic carré, bien acéré, et l'attache à la corde pour que Lancelot

1. On apprend enfin clairement qui est cette jeune fille : la fille de Bademagu, et donc la sœur (ou la demi-sœur) de Méléagant.

le récupère. Il s'attaque aussitôt aux pierres, frappe, cogne, sue et peine pour s'aménager une sortie. Quel soulagement de pouvoir enfin sortir de prison, de prendre son essor comme un oiseau hors de sa cage ! On pourrait lui offrir tout l'or du monde, il ne reviendrait pas en arrière.

Mais Lancelot était très affaibli. Très doucement, pour éviter de le blesser, la jeune fille l'aida à grimper sur la mule, devant elle. Elle décida d'éviter les chemins connus pour que personne ne les repère et parvint ainsi à un beau logis très agréable où elle venait souvent. L'endroit était discret. La maison et ses gens étaient à ses ordres, et l'on n'y manquait de rien. Arrivé à la maison, Lancelot fut déshabillé et couché sur un bon lit par la jeune demoiselle. Elle le lava et lui prodigua tant de soins qu'elle le remit en bonne santé. En arrivant, il avait l'air d'un gueux, maintenant il était tout transformé, encore plus beau qu'un ange.

La jeune fille lui donna la plus belle robe qu'elle pût trouver. Il s'en habilla, l'esprit plus léger qu'un oiseau qui vole. Il passa ses bras autour du cou de la jeune fille et l'embrassa affectueusement :

– Amie, vous avez tant fait pour moi que désormais je vous appartiens. Mais il y a longtemps que je ne me suis pas rendu à la cour du roi Arthur, mon seigneur, qui m'a toujours fait grand honneur. J'y aurais pas mal de choses à régler. C'est pourquoi, douce amie, je vous prie de m'autoriser à m'y rendre.

La jeune fille répondit qu'elle ne recherchait que son bien. C'est pourquoi elle lui fit don d'un cheval fantastique, le plus extraordinaire qu'on ait jamais vu. La jeune fille et le Chevalier se recommandèrent à Dieu qui jamais ne déçoit.

Le combat

Lancelot se mit en chemin de fort joyeuse humeur, tout à sa joie d'avoir enfin pu sortir de prison. Mais il n'avait pas oublié le traître, le dégénéré qui avait voulu son malheur. Lancelot se dit qu'on pourrait lui offrir toute la richesse et les biens qui s'étendent depuis Gand jusqu'à Babylonc, il nc laisserait pas tranquille Méléagant. Il voulait le voir à sa merci, définitivement vaincu.

La providence fit bien les choses, car justement Méléagant arrivait, sans y avoir été invité, à la cour d'Arthur. Il insista pour voir Gauvain et lui demanda des nouvelles du lâche et traître Lancelot. L'avait-on enfin retrouvé ? Gauvain répondit qu'en vérité, Lancelot n'avait pas reparu.

– Puisque c'est ainsi, continua Méléagant, il est temps, messire Gauvain, de tenir votre promesse. Je n'attendrai pas davantage.

Gauvain répondit :

– Il n'est pas question de tarder. Mais je vous préviens que nous jouons pour gagner ; si je l'emporte, j'empocherai les enjeux et ne vous laisserai absolument rien.

Gauvain ordonne qu'on installe un tapis devant lui. Les valets obéissent en bon ordre, sans grogner. Gauvain se met sur le tapis pour qu'on le revête de ses armes. Les valets sont bons connaisseurs. Ils le revêtent de son armure, pièce par pièce. Le travail est bien fait, personne ne trouverait à y redire. Un valet lui apporte un destrier d'Espagne plus rapide que ne l'était Bucéphale, le cheval d'Alexandre le Grand. Gauvain est sur le destrier, prêt à montrer sa grande valeur au combat.

Il ne lui reste plus qu'à prendre son écu lorsqu'il voit soudain Lancelot se dresser devant lui. La chose est si soudaine qu'on le croirait tombé du ciel. Gauvain descend aussitôt de cheval, va vers lui à bras ouverts, le salue, l'embrasse, tout à la joie d'avoir retrouvé son compagnon. La nouvelle se répand, c'est une immense joie de savoir Lancelot revenu, lui qu'on espérait tant revoir. Petits et grands se réjouissent, la tristesse fait place à la joie : Lancelot est de retour !

Et la reine Guenièvre dans tout cela ? Participe-t-elle à la joie générale ? Elle est là, oui, Lancelot l'aperçoit. Elle est folle de joie dans son cœur. Pour un peu, elle se jetterait sur Lancelot pour le couvrir de baisers. Mais il y a le roi et les autres, qui observent tout et découvriraient toute l'affaire si jamais elle cédait à l'envie de se précipiter sur Lancelot. C'est pourquoi, elle se maîtrise. Plus tard, peut-être, quand le moment sera plus favorable, elle pourra retrouver celui que son cœur chérit.

Le roi ne fut pas le dernier à se réjouir du retour de Lancelot :

– Mais où diable étiez-vous passé ? demanda-t-il. On vous a cherché tout l'hiver et l'été, impossible de vous trouver !

– Méléagant m'a traîtreusement retenu en prison. Il a même fait construire une tour pour m'y enfermer. J'y ai mené dure vie et j'y serais encore sans une de mes amies, une jeune fille à qui j'avais jadis rendu un petit service. Elle m'en a bien récompensé. Mais à Méléagant qui ne mérite pas qu'on l'aime, je veux régler son compte sans délai. Il est prêt, moi aussi. Ne le laissons pas attendre !

Gauvain intervint :

– Ami Lancelot, je suis déjà à cheval et prêt à régler les comptes à votre place. Disons que ce sera un petit cadeau d'amitié. Ne me le refusez pas, s'il vous plaît.

Mais Lancelot répond qu'il préférerait se faire arracher les yeux plutôt que de laisser régler l'affaire par un autre. Le voyant aussi résolu, Gauvain enlève son haubert et toutes les pièces de son armure, et aussitôt, Lancelot s'en revêt.

Méléagant, quant à lui, n'en croit pas ses yeux. Il vient de se faire berner : quelqu'un est venu délivrer le prisonnier. Et maintenant, c'est trop tard ! Lancelot s'en est sorti, et comme dit le proverbe : « Quand le cheval a été volé, c'est trop tard pour fermer l'écurie. » Alors, se dit Méléagant, si je ne veux pas me couvrir de honte, je dois maintenant souffrir au combat, et je vais lui en faire voir, grâce à Dieu.

Le roi ordonna aux deux combattants de descendre au pied du donjon, sur la lande (il n'en était pas de plus belle jusqu'en Irlande). Les deux hommes s'y rendirent et le roi les suivit à la tête d'une grande foule, tandis que dames et demoiselles restaient avec la reine qui observerait le combat depuis une fenêtre du donjon.

Sur la lande il y avait un immense et très ancien sycomore, planté au temps d'Abel[1]. Une source vive et claire coulait sur des graviers d'argent ; l'eau provenant, à ce qu'il me semble, d'une conduite en or fin, courait à travers la lande jusqu'à un vallon agrémenté de bois. Le roi choisit ce bel endroit pour s'asseoir, ordonnant aux gens de s'installer derrière lui.

Lancelot n'attendit pas pour foncer sur Méléagant. Il y mit toute sa rage et sa haine, mais il s'arrêta avant de le frapper :

– Je vous lance un défi, hurla-t-il. Et sachez que je ne vous épargnerai pas !

Ensuite, il fit revenir son cheval en arrière pour prendre place à une portée d'arc de son adversaire. À

1. Au temps d'Abel : en des temps très reculés (dans la Bible, Abel est le second fils d'Adam et Ève).

pleine vitesse, les chevaux furent lancés l'un contre l'autre. Les deux combattants frappèrent les écus et les transpercèrent d'un coup de lance, mais aucun d'eux ne fut blessé. L'affrontement avait été très rapide, et déjà les deux chevaux étaient en place pour un second assaut. Les chevaux étaient vifs et robustes, les chevaliers courageux et hardis et, cette fois les lances transpercèrent violemment les écus sans se briser, si bien qu'elles atteignirent les chairs. Chacun bouscula l'autre et rien de leur équipement, ni les sangles ni les étriers, ne résista. Ils furent projetés par terre tandis que les chevaux, effrayés, partirent en tous les sens.

Aussitôt sur pied, ils se relèvent et sortent leurs épées d'acier tranchant, gravées à leurs devises. Lancelot a appris dès sa jeunesse le maniement de l'épée et ne craint personne. Ils assènent de formidables coups sur les écus et sur les heaumes plaqués d'or. Le métal se fend et les protège mal. Lancelot presse son adversaire dont l'écu ne sert plus à grand-chose. Le bas droit, maillé de fer, n'est pas protégé ; Lancelot lui porte un coup terrible et le tranche net. Méléagant, fou de rage et de douleur, veut lui porter un mauvais coup à son tour. Alors il se rue vers l'avant, mais Lancelot est sur ses gardes. Méléagant reçoit un coup sur le nasal qui vient lui heurter les dents. Trois d'entre elles se brisent. L'entaille est si profonde que Méléagant ne peut plus dire un seul mot. Il ne demande pas sa grâce. Il est bien trop furieux pour écouter la raison qui lui conseillerait de se rendre. Sa folie l'emprisonne et l'enchaîne. Alors Lancelot s'approche et lui tranche la tête. Méléagant tombe mort ; c'est fini pour lui.

Le roi et toute l'assistance se réjouissent car le traître ne pourra plus jamais nuire à personne. Les plus joyeux enlèvent son armure à Lancelot et le portent en triomphe.

Seigneurs, si je prolongeais mon récit, je dépasserais les éléments dont je dispose. C'est pourquoi je dois arrêter ici ce roman. C'est Godefroi de Lagny, clerc[1] de son état, qui a terminé *La Charrette*. Personne ne doit le lui reprocher, car il l'a fait en plein accord avec Chrétien qui l'avait commencé. Il a repris le récit au moment où Lancelot fut emmuré dans la tour et il l'a conduit jusqu'au terme. Il n'y a rien à ajouter ou à supprimer : ce serait inconvenant et nuirait à la qualité du récit.

ICI SE TERMINE LE ROMAN
DE *LANCELOT À LA CHARRETTE*

1. Clerc : homme instruit appartenant au clergé.

Carnet de lecture

Qui était Chrétien de Troyes ?

Comme pour beaucoup d'auteurs du Moyen Âge, il y a fort peu d'éléments dont on soit sûr concernant la vie de Chrétien de Troyes. La majorité des renseignements dont nous disposons proviennent de ce qu'il a lui-même écrit.

On situe sa naissance vers 1135. On peut penser qu'il est né à Troyes, ou pour le moins qu'il y a vécu. Au Moyen Âge, Troyes est la capitale du comté de Champagne, une ville florissante qui brille par ses foires internationales et son activité intellectuelle.

Au début de l'un de ses romans, Chrétien affirme avoir écrit sur le « comandemant de (s)a dame de Champagne ». Il aurait donc été le protégé de Marie de Champagne qui tenait une cour brillante, comme sa mère Aliénor d'Aquitaine.

Il est sûrement le premier traducteur du poète latin Ovide. Il est aussi l'auteur de *Del roi Marc et d'Ysalt la blonde*, qui est peut-être à la source du célèbre *Tristan et Iseut*[1] de Béroul, mais ce poème de Chrétien de Troyes est également perdu.

1. Disponible dans la même collection (Folio Junior Textes classiques n° 1540).

Chrétien de Troyes a vraisemblablement séjourné aussi à la cour d'Angleterre, dans l'entourage de la reine Aliénor d'Aquitaine, une femme intelligente, cultivée et raffinée. Lors de ce séjour, il a pu avoir connaissance des légendes celtes et anglo-normandes autour du roi Arthur. Ces récits légendaires lui ont en partie inspiré ses romans de chevalerie, écrits en octosyllabes (vers de huit syllabes), et consacrés aux héros de la Table Ronde : *Érec et Énide* et *Cligès ou la Fausse morte*, mais surtout les plus célèbres : *Lancelot ou le Chevalier à la charrette*, dont la fin est écrite par Godefroi de Lagny, *Yvain ou le Chevalier au lion* et *Perceval ou le Conte du Graal*. Ce dernier est resté inachevé, on ignore pourquoi.

On situe le décès de Chrétien de Troyes aux environs dc 1190.

Chrétien de Troyes est unanimement reconnu comme le premier grand auteur de langue romane, ancêtre du français, dans laquelle tous ses textes sont rédigés. Il est aussi à l'origine d'un genre littéraire nouveau, en opposition aux chansons de geste qui s'inspirent de faits historiques et mettent en avant les récits de batailles : le genre romanesque. Même si Chrétien de Troyes se plaît à raconter avec force détails des combats sanglants, il centre ses romans sur un héros qui sera au cœur du récit et bien ancré dans la société médiévale et ses cours raffinées. La femme y tient un rôle essentiel : elle est l'inspiratrice des actes héroïques et surtout de l'amour courtois.

Les romans de la Table ronde ont inspiré de nombreux auteurs à la suite de Chrétien de Troyes, ainsi que peintres et compositeurs d'opéras. Plus près de nous, le cinéma, le dessin animé, la télévision et la bande dessinée se sont emparés des aventures des courageux chevaliers, parfois pour les tourner en dérision. La postérité de son œuvre est donc considérable, inversement proportionnelle à ce que nous savons de sa vie.

Interview de l'auteur adaptateur

***Pierre-Marie Beaude, comment avez-vous traduit et adapté* Lancelot ou le Chevalier à la charrette ?**

– J'ai choisi de suivre le texte ancien le mieux possible, et opté pour une traduction claire et compréhensible en français d'aujourd'hui, tout en gardant de petits indices rappelant qu'il s'agit d'une langue ancienne. Par exemple, j'ai souvent gardé le mot « messire » alors que certaines traductions le remplacent systématiquement par « monseigneur ».

Mais traduire Chrétien, c'est l'adapter. En effet, il est quasiment impossible (certains ont essayé) de faire une traduction en français moderne qui respecterait le rythme et les rimes des vers. Il faut donc traduire en prose, et ceci est déjà une adaptation.

Mon livre s'adressant à de jeunes lecteurs, j'ai dû aussi procéder à d'autres adaptations pour le rendre lisible. Par exemple, j'ai résumé en quelques lignes un long épisode de Lancelot dans lequel une jeune fille invite Lancelot chez elle et lui tend un piège pour le séduire. Ce texte paraissait compliqué et violent pour de jeunes lecteurs. De même, j'ai parfois accéléré des passages très répétitifs, comme les combats que Chrétien se plaît à raconter avec force détails. J'ai aussi considérablement résumé les discours sur Lâcheté et Courage, ou Raison et Amour qu'on aimait au Moyen Âge, mais qui risquaient de lasser un lecteur d'aujourd'hui. Enfin, Chrétien passe très vite du passé au présent ou du présent au passé. Il a fallu harmoniser un peu, tout en respectant ce jeu des changements de temps qui n'est pas désagréable.

Comment voyez-vous Lancelot ?

– Lancelot est un personnage plus compliqué, plus tragique que d'autres chevaliers de la Table ronde parce qu'il est amoureux de la femme du roi Arthur. Plusieurs fois, il se trouve en situation difficile, car il doit cacher ses sentiments. Il a souffert dans sa chair, il a été trahi, mis en prison, enfermé dans une tour. Mais il n'y a pas de place dans la société pour l'amour de Lancelot et de Guenièvre.

Arthur et les chevaliers de la Table ronde ont-ils existé ?

Arthur, vrai roi ou légende ?

Si Arthur a réellement existé, il aurait vécu au Ve ou au VIe siècle. L'Angleterre, appelée Bretagne à cette époque, est envahie par les Romains qui luttent contre les Saxons. Un officier romain, un certain Artorius, aurait remporté d'éclatantes victoires contre les barbares, s'illustrant ainsi pour la postérité. Pour d'autres, le vrai Arthur serait un roi des Brittons (les Anglais de l'époque) ou encore un prince écossais, mais aucune de ces hypothèses n'est tout à fait satisfaisante chronologiquement.

Il faut attendre le début du XIIe siècle pour trouver mention d'Arthur dans l'*Histoire des rois de Bretagne*, de Geoffroy de Monmouth. Celui-ci donne au roi une grande importance historique et, surtout, invente une partie de la vie du souverain, ouvrant ainsi la porte à l'imagination de ses nombreux successeurs.

Ce récit remporte une telle notoriété que le roi d'Angleterre Henri II Plantagenêt, pour asseoir son autorité, prétend être le descendant d'Arthur, dont l'emplacement de la tombe lui a été révélé. Avec la complicité de moines, la prétendue sépulture est retrouvée dans le sud-ouest de l'Angleterre. Cette histoire n'est qu'une vaste supercherie mais elle instaure la légitimité et la généalogie des rois d'Angleterre.

Au XVIe siècle, Thomas Malory reprend toutes les bribes de la légende d'Arthur et l'unifie : c'est cette version qui est la plus couramment répandue aujourd'hui.

La légende arthurienne

Arthur, d'après la légende, est le fils du roi Uther Pendragon. Le magicien Merlin est à la fois son précepteur et son protecteur, et permet à Arthur de retirer l'épée Excalibur du rocher (ou de l'enclume, selon les récits) où elle est retenue par magie. Arthur devient alors roi de Bretagne ; il est un souverain exemplaire, réunissant toutes les qualités qu'on attend d'un roi. Il vit au château de Camelot avec son épouse, la belle Guenièvre. Toujours avec l'aide de Merlin, Arthur crée la Table ronde. Les douze chevaliers les plus méritants du royaume s'y réunissent, sans qu'aucun ait une place privilégiée compte tenu de la forme de la table. Ils ont pour mission essentielle la conquête du Graal. Arthur meurt au cours d'une bataille, peut-être tué par son fils maudit : Mordred. Son corps est emmené par des fées sur l'île magique d'Avallon.

Les chevaliers de la Table ronde

Parmi les chevaliers de la Table ronde, nous ne retiendrons que les figures les plus importantes.

Gauvain, neveu du roi Arthur, occupe une place de premier plan à la cour. Courageux et généreux, il apparaît comme le chevalier idéal dans les textes de Chrétien de Troyes, même s'il n'y tient jamais le premier rôle. Plus tard, il sera souvent présenté sous un jour moins flatteur : cruel, il est alors cause du malheur des autres.

Perceval est un jeune garçon naïf, élevé à l'écart du monde de la chevalerie par sa mère, qui a vu mourir son époux et plusieurs de ses fils. Mais un jour, à l'âge de quinze ans, le jeune garçon est ébloui par la rencontre de cinq chevaliers. Il décide alors de devenir chevalier lui-même ; il apprend le maniement des armes et s'illustre au combat, ce qui lui permet de rejoindre la cour du roi Arthur. Il apprendra un peu plus tard qu'il est en réalité d'une haute origine et parent du roi Arthur.

Yvain, fils du roi Urien, est le chevalier par excellence. Courageux, il affronte les dangers, s'engage dans de nombreux combats, vole aux secours des faibles mais surtout, malgré une défaillance, porte un amour indéfectible à sa dame.

Lancelot est sans doute le personnage le plus emblématique de la légende arthurienne. Fils de roi, il est élevé par une fée, la Dame du Lac, à la mort de son père. À dix-huit ans, il entre à la cour du roi Arthur où il s'illustre par de nombreux exploits. Il libère la reine Guenièvre, qui a été enlevée et dont il tombe éperdument amoureux. Cet amour partagé mais impossible – Guenièvre est mariée à Arthur, son suzerain – restera le modèle de l'amour courtois. La dame est l'objet d'un amour qui se manifeste par des poèmes, des attentions délicates : l'homme devient son « vassal », lui obéit en tout, lui voue une fidélité sans faille. Il s'agit d'un amour idéalisé, qui répond à des règles de bonne conduite : l'amour courtois ou *fin'amor*. Le héros connaîtra la folie et l'emprisonnement et terminera ses jours dans un couvent, tel que l'a voulu Godefroi de Lagny.

Galaad est le fils de Lancelot. Celui-ci, trompé par un philtre, a passé une nuit avec la fille du seigneur de Corberic, laquelle avait pris les traits de Guenièvre. Il est fait chevalier par son père et s'engage dans la quête du Graal, qu'il parviendra à contempler avant de mourir et d'être emporté aux cieux par des anges.

La conquête du Graal ou la recherche de l'impossible

À l'origine, un « graal » désigne un simple plat. Chrétien de Troyes, le premier, reprend l'idée ancienne d'un vase ou d'un plat aux vertus magiques : dans son *Perceval*, le héros voit passer une jeune fille portant un Graal contenant une hostie. Le roman restant inachevé, de nombreux auteurs des XIIe et XIIIe siècles imaginent une suite. Le Saint-Graal devient une coupe que Jésus aurait utilisée lors de son dernier repas et qui aurait ensuite servi à recueillir le sang coulant de ses blessures. C'est un objet sacré et mystérieux que seul un être pur peut atteindre. Lancelot ne le pourra pas à cause de son amour coupable pour la reine, mais son fils, lui, contemplera la sainte coupe.

Le Graal est le symbole de l'objectif idéal, quasi impossible à atteindre. Pour le conquérir il faut une vie exemplaire, mais qui peut prétendre à cela ?

Le Moyen Âge

Le Moyen Âge commence vers 500 après Jésus-Christ, pour s'achever aux environs de 1500. Il s'agit donc d'une très longue période qui connut beaucoup de changements.

Le Moyen Âge, mille ans d'histoire

À la fin du Ve siècle, l'avènement de Clovis, premier roi chrétien des Francs, marque le début du Moyen Âge selon beaucoup d'historiens. Il établit sa résidence principale dans l'ancienne Lutèce romaine, qu'il renomme Paris, du nom de la peuplade gauloise qui l'avait créée : les *Parisii*. Il n'aura de cesse d'agrandir son royaume que ses quatre fils se partagent à sa mort.

Qui ne connaît l'empereur Charlemagne ? Celui-ci règne de 768 à 814 et il est même couronné empereur par le pape en l'an 800, à Rome. Comme Clovis, il mène de nombreuses guerres pour agrandir son empire qui s'étend de la Germanie, au nord, jusqu'à l'Italie et l'Espagne, au sud. À sa mort, ses successeurs ne tardent pas à se disputer et le vaste empire est à nouveau démantelé ; le pouvoir du roi s'affaiblit. L'Europe de l'Ouest est la proie des invasions de Vikings et le roi, ne disposant pas d'une armée forte, délègue la mission de protéger hommes et biens aux seigneurs.

L'importance de ces derniers ne cesse de grandir car, s'ils prêtent toujours serment d'obéissance au roi, ils sont pratiquement seuls maîtres dans leur domaine qui se transmet à présent par héritage. Les châteaux forts qu'ils vont faire construire permettront de se défendre contre l'envahisseur et de limiter les querelles de voisinage.

Au début du XIIIe siècle, le royaume connaît enfin la paix et une période de prospérité : le roi Louis IX est à la tête de la plus grande armée et du royaume le plus étendu d'Europe.

La guerre de Cent Ans, entre l'Angleterre et la France, qui commence en 1337 pour ne s'achever qu'au milieu du siècle suivant, entraînera la disparition d'un grand nombre de nobles chevaliers : le pouvoir de la noblesse s'en trouvera considérablement affaibli. À cette époque, l'Europe connaît une terrible épidémie de peste qui fait de très nombreuses victimes. Les paysans se révoltent : guerre, maladie, famine, rudes hivers les ont durement éprouvés et ils ne supportent plus leur misérable condition.

À la fin du XVe siècle, les grandes découvertes annoncent un monde nouveau : c'est le début de la Renaissance.

Une société très organisée

La société, au Moyen Âge, est très hiérarchisée. Le roi, autorité suprême, confie la gestion de domaines aux grands seigneurs qui lui prêtent serment d'allégeance. Ceux-ci peuvent à leur tour déléguer la gestion d'une partie de leur seigneurie à des seigneurs moins importants qui leur doivent obéissance : leurs vassaux. En échange, le suzerain leur apporte aide et protection.

Les paysans constituent l'essentiel de la population. Les plus nombreux sont les serfs qui sont attachés à la terre et ne jouissent de presque aucune liberté, tandis que les vilains sont des paysans libres.

À partir du milieu du Moyen Âge, les villes prennent de l'importance au point que certaines se libèrent des contraintes seigneuriales pour devenir des villes franches, c'est-à-dire libres, comme Bruges et Venise. Le commerce se développe et l'on voit ainsi naître une nouvelle classe sociale : les bourgeois, terme qui désignait à l'origine les habitants d'un bourg. La bourgeoisie est essentiellement constituée d'artisans et de commerçants.

Au Moyen Âge, l'Église occupe une place très importante dans la vie de tout un chacun : vers l'an mille, une grande majorité des habitants d'Occident sont chrétiens. Le curé est un acteur incontournable de la vie quotidienne : il procède aux mariages, enregistre les naissances et les décès ; l'église et le cimetière sont au centre du village : les sonneries de cloches rythment la vie des habitants. Les abbayes, qui abritent moines et religieuses, se multiplient.

Par crainte du Jugement dernier, nombreux sont ceux qui vont en pèlerinage pour gagner les bonnes grâces d'un saint. Du XIe au XIIIe siècle, incités par le pape, les rois organisent des croisades pour libérer les lieux saints de l'occupation des Infidèles. Lors de la VIIIe croisade, le roi Louis IX, aussi appelé Saint Louis, est victime, comme une bonne partie de son armée, d'une épidémie de typhus.

Les hauts membres du clergé se comportent en véritables seigneurs : ils sont propriétaires terriens, lèvent des impôts et n'ont pas toujours la vie que l'on pourrait attendre d'hommes d'Église. Cette situation sera à l'origine de la création de nouveaux ordres religieux qui s'insurgent contre ces pratiques et prônent un retour aux valeurs des débuts du christianisme.

La naissance détermine à quelle classe on appartiendra pratiquement toute sa vie, sans guère de possibilité d'évolution.

Une époque où les arts fleurissent

Le Moyen Âge est souvent victime d'une sombre réputation. S'il est vrai que guerres, épidémies, extrême pauvreté constituent le lot de beaucoup, il ne faut pas oublier pour autant que cette période de l'histoire témoigne d'une grande richesse artistique.

La religion est une source d'inspiration pour de nombreux artistes. Après les églises romanes, les hommes érigeront les somptueuses cathédrales gothiques. Les moines réalisent des copies de la Bible et des livres de prières richement décorés d'enluminures.

Le Moyen Âge voit la naissance d'une musique de cour : elle accompagne un récit ou la lecture d'un poème, mais également les danses. Trouvères et troubadours sont généralement poètes, musiciens, conteurs.

Le Moyen Âge voit fleurir les créations littéraires. Les poètes chantent l'amour courtois. Chrétien de Troyes exalte les vertus chevaleresques dans ses romans de la Table ronde, récits tournés en dérision dans le *Roman de Renart*. Le théâtre n'est pas en reste : les farces, destinées à faire rire, se jouent en plein air sur les places, lors des grandes foires ou des marchés.

Voyons donc le Moyen Âge comme une époque qui, au sortir de l'Antiquité, jette les bases d'une société moderne. La société se civilise : la loi du plus fort s'efface devant les règles de la chevalerie. Dans la haute société, la femme occupe une place essentielle ; si elle n'a pas tous les droits, nombreuses sont celles qui, cultivées, tiennent une cour où se pressent les intellectuels.

Le temps des chevaliers

À l'origine simples combattants à cheval de toutes origines sociales, les chevaliers deviennent, à partir du XIIIe siècle, les représentants des valeurs défendues par l'Église et la haute société. Obligatoirement de noble naissance, le chevalier jouit de privilèges mais doit aussi obéir à de nombreux devoirs. Les chevaliers arthuriens des romans de Chrétien de Troyes en sont les meilleures illustrations.

Une enfance dorée ?

Né dans un château, puisque ses parents sont nobles tous deux, le futur chevalier vit auprès de sa mère jusqu'à l'âge de sept ans. C'est alors que commence son éducation : monter à cheval, manier les armes, dresser chiens ou faucons pour la chasse ne sont pas ses seules activités. Son père lui enseigne les bonnes manières, ainsi que les jeux de société et le jeu d'échecs, très prisé à l'époque car il initie à la stratégie. Un religieux lui apprend à lire et à écrire et fait son éducation religieuse. Les journées sont bien remplies !

À quatorze ans, le jeune homme part à la cour d'un autre seigneur, son parrain, auprès duquel il apprendra réellement son futur « métier ». Il est d'abord page puis écuyer. Il continue l'entraînement physique et sert le seigneur et sa dame. Il accompagne le premier à la chasse ou au combat, porte ses armes et son écu (bouclier) d'où le nom d'écuyer. Lorsque celle-ci le demande, le jeune homme fait la lecture à la châtelaine ou lui joue de la musique.

Des efforts enfin récompensés

Lorsqu'il entre dans sa vingtième année, le jeune homme est adoubé : il est officiellement fait chevalier lors d'une cérémonie qui rassemble tout le voisinage ; c'est aussi l'occasion d'une grande fête.

La veille de l'adoubement, le garçon jeûne et prie. Au petit matin, il revêt une tunique rouge, symbole du sang qu'il est prêt à verser si besoin est, et ses armes lui sont remises : le baudrier, ceinture à laquelle est suspendue son épée, ses éperons. Il reçoit également son cheval et son armure. Son père lui donne la paumée ou colée – coup sur la nuque – et le nouveau chevalier prête serment de fidélité à son suzerain. Il s'engage à faire preuve de qualités morales : loyauté, sens de l'honneur, respect de la parole donnée, générosité ainsi que protection et aide aux plus faibles.

Une vie mouvementée

Notre jeune homme peut enfin songer à se marier : il épousera une jeune fille de la noblesse, que ses parents auront souvent choisie pour lui, et avec laquelle il espère avoir beaucoup d'enfants. Au décès de son père, il héritera du domaine qu'il doit développer et enrichir. Il a beaucoup à faire : pour garder une bonne forme physique, il va à la chasse, ce qui permet aussi de nourrir les habitants du château.

Il participe à des tournois, affrontements en équipes dans une série d'épreuves. Dans les joutes, seuls deux chevaliers s'opposent, le but étant de désarçonner l'adversaire à l'aide de grandes lances. Tournois et joutes sont l'occasion de grands rassemblements de chevaliers et de dames, chaque participant ayant à cœur de montrer à la noble assemblée son courage et son habileté dans le maniement des armes – et, qui sait, séduire ainsi une belle dame… Le but n'est pas de tuer l'adversaire mais de faire prisonniers les chevaliers vaincus, puis de demander une rançon pour leur libération. Certains ont fait fortune ainsi… et c'est aussi un excellent entraînement pour la guerre.

Un lourd armement

Dans tous les affrontements, le chevalier dispose d'armes offensives et défensives. Les premières servent à l'attaque, ce sont essentiellement l'épée et la lance, mais le chevalier peut aussi disposer d'une hache, d'une masse d'armes ou d'un fléau d'armes, redoutable bâton muni d'une chaîne terminée par des boules métalliques cloutées.

La protection du chevalier est assurée par une armure, équipement tellement difficile à enfiler et tellement lourd – vingt-cinq à trente kilos – que l'aide d'un écuyer est indispensable. Le chevalier passe d'abord la cotte de mailles ou haubert, sorte de chemise à manches longues faite d'anneaux métalliques et qui descend jusqu'à mi-cuisses. Les mains sont protégées par des gantelets en fer articulés ; jambes et pieds sont couverts de plaques ou de mailles métalliques. Le camail est comme une cagoule en métal, par-dessus laquelle on pose le heaume, casque qui couvre entièrement la tête, le chevalier ne disposant que de petites fentes au niveau des yeux. Le chevalier se protège enfin avec un bouclier ou écu, qui porte souvent le blason (ou armoiries), emblème propre à une famille. Cela permet d'identifier l'adversaire… ou de ne pas s'attaquer à un chevalier de son camp !

Une fin peu glorieuse

À la fin du Moyen Âge, la situation sur les champs de batailles a changé. De nouvelles armes rendent les soldats à pied plus efficaces que les cavaliers. Les chevaliers, qui ont payé un lourd tribut aux croisades, sont moins nombreux et beaucoup leur reprochent de ne plus guère respecter les règles qui faisaient l'honneur de la chevalerie. Petit à petit, à partir du XVe siècle, l'importance de la chevalerie diminue puis celle-ci finit par disparaître.

Table des matières

L'arrogant chevalier, *5*

Le Chevalier et la charrette maudite, *10*

À la poursuite de la reine, *17*

Le peigne aux cheveux d'or, *23*

Celui qui soulèvera la dalle, *31*

Au pays de Gorre, *35*

Le Pont de l'Épée, *45*

Le combat pour la reine, *54*

Les regrets de la reine, *68*

Les accusations de Méléagant, *78*

Lancelot disparaît, *83*

Le tournoi, *88*

Le prisonnier de la tour, *99*

Le combat, *110*

Carnet de lecture, 117

Retrouvez d'autres
textes classiques du Moyen Âge

dans la collection

folio junior

Tristan et Iseut

Béroul

n° 1540

Tristan a vaincu le géant Morholt en combat singulier ! Son oncle Marc, roi de Cornouailles, lui confie une mission : aller chercher en Irlande la princesse Iseut qu'il a décidé d'épouser. Mais dans le bateau qui les ramène en Cornouailles, les deux jeunes gens boivent par mégarde un breuvage magique : ils tombent éperdument amoureux l'un de l'autre. Pour vivre cette passion interdite, Tristan et Iseut vont devoir trahir leur suzerain, affronter les complots des barons, et prendre la fuite. Mais pourront-ils échapper à leur destin ?

Yvain ou le Chevalier au lion

Chrétien de Troyes

n° 1632

Pour venger son cousin, Yvain, le vaillant chevalier, affronte le redoutable gardien d'une fontaine ensorcelée. Victorieux, il tombe amoureux de sa veuve, la belle Laudine, et l'épouse. Mais Yvain a soif d'exploits : il repart en quête d'aventures, accompagné d'un lion à qui il a sauvé la vie. Le chevalier a fait le serment d'être de retour dans un an et un jour. Tiendra-t-il sa promesse ?
Un merveilleux récit de la Table ronde dans une traduction signée Pierre-Marie Beaude.

Le papier de cet ouvrage est composé de fibres naturelles, renouvelables, recyclables et fabriquées à partir de bois provenant de forêts plantées et cultivées expressément pour la fabrication de la pâte à papier.

Mise en pages : Didier Gatepaille

Loi n° 49-956 du 16 juillet 1949
sur les publications destinées à la jeunesse
ISBN : 978-2-07-064930-3
Numéro d'édition : 312530
Premier dépôt légal : juillet 2012
Dépôt légal : octobre 2016

Imprimé en Espagne par Novoprint (Barcelone)